하이콘텍스트 시대의 책과 인간

초연결 사회와
책을 바라보는 시선

하이콘텍스트 시대의 책과 인간

한기호 지음

북바이북

하이콘텍스트가
넘치는 세상을
극복하려면

20세기 말에 인터넷 사용자가 늘어나면서 전자미디어 또한 급속하게 늘어났다. 그러자 종이책의 미래를 우려하는 목소리가 높아졌는데, 한국에서는 유달리 심했다. 거의 날마다 '종이책의 종말'을 알리는 장송곡이 각종 미디어를 통해 울려 퍼졌다. 그즈음 나는 15년 동안 근무한 창작과비평사를 떠나 한국출판마케팅연구소를 설립했다. 나에게 주어진 임무가 어쩌면 종이책을 수호하는 것일지 모른다는 생각 때문이었을까. 2000년 4월에 전자책의 미래를 예측하는 「e-북은 없다」라는 글을 썼는데, 종이책의 심정을 '역지사지'로 헤아려보라는 의미를 담았다.

당시 외국의 유명 서적사가들은 사태를 냉정하게 바라보았다. 로제 샤르티에는 일본의 잡지인 〈책과컴퓨터〉 온라인에서 개최한 '책의 미래'를 토론하는 자리에서 전자 텍스트를 냉정하게 분석했다. 그는 "전자 텍스트는 예전부터 있었던 지식의 전체화라는 버릴 수 없는 꿈에 현실성을 더해주었다"며 당시 상황을 이렇게 정리했다.

우리가 살고 있는 현재라는 시점에 독자성이 있다면, 독자성이라고 해도 꽤 애매한 것이긴 하지만, 그것은 과거 제각기 이루어지던 글 문화의 다양한 진보가 동시 병행적으로 진행되고 있다는 것이다. 전 자 텍스트에 의한 변혁이란, 텍스트의 생산·복제기술의 변혁임과 동 시에 텍스트의 매체나 물질성의 변혁이기도 하며, 나아가서는 독서 습관의 변혁이다. 그리고 그 변혁을 특징짓고 있는 이런 세 가지 기 본적인 사항이 글 문화와 우리의 관계를 근저에서 바꾸고 있다.

그는 "텍스트가 전자적으로 표상됨으로써 결정적으로 콘텍스트 context(문맥)라는 개념이 변했고 의미구축의 과정 자체도 대폭 변모 했다. 지금까지는 물리적인 인접성이 상이한 내용의 사본寫本이나 활 자본活字本의 텍스트를 연결해주었다. 그런데 전자 텍스트의 경우는 데이터베이스나 디지털화된 집합체를 제어하는 논리적인 구축물 속에서 상이한 텍스트가 자유롭게 움직일 수 있도록 배치되어 있 다"면서 활자본과 전자 텍스트 사이의 직무 분담이 이루어질 것으 로 예측했다.

그로부터 18년이 지났다. 샤르티에의 예측은 현실이 되었다. 콘텍 스트의 개념이 변했을 뿐만 아니라 하이콘텍스트high context(고맥락)의 중요성이 커지고 있다. 그 토론에서 로버트 단턴의 "구텐베르크의 은하계는 전자책이라는 새로운 에너지 공급원을 얻어 더욱 발전할 것이다. 전자책은 구텐베르크가 발명한 위대한 기계의 대체물이 아닌 보충물로서 기능할 것"이라는 예측대로 종이책은 여전히 거듭나면서 새로운 가능성을 열어가고 있다. 전자 텍스트가 다양하게 변화하면서 점차 책을 둘러싼 인간의 모든 습관도 바뀌고 있다.

'발견'이 아닌 '발명'을 할 줄 알아야 한다
●●●●●

오늘날 출판에서 가장 중요한 화두는 좋은 원고를 '발견'만 해서는 곤란하고 새로운 책을 '발명'해야 한다는 것이다. 늘 새로운 시도가 이루어져야 한다. 텍스트 자체가 달라져야 하고, 새로운 장르를 만들 줄 알아야 한다. 마케팅도 예외가 아니다. 무엇보다 중요한 것은 책이 살아남기 위해서는 독자의 관심을 이끌어낼 하이콘텍스트가 있어야 한다는 사실이다.

이런 변화에 적응하기 쉽지 않았는지 최근 몇 년간 대형출판사들의 부침이 유난히 심했다. 그래서 출판 경력이 오래된 이들이 '출판은 끝났다'라는 자조의 목소리를 내는 경우가 많다. 이렇게 된 이유는 무엇일까? 대형출판사일수록 마케팅을 잘하니 인기 저자들이 몰려들었고 홍보가 쉬웠다. 하지만 지금은 언론에서 대서특필되어도 별다른 효과가 없는 경우가 빈번하다. 게다가 언론사들은 책 소개 지면을 줄여나간다. 크게 소개를 해주어도 광고가 들어오지 않으니 그럴 만도 하다. 잡지는 더 심각하다. 광고가 들어오지 않아 폐간되는 잡지가 줄을 잇는다. 잡지의 강국인 일본에서마저 2016년에 잡지가 서적보다 매출이 떨어지는 전대미문의 일이 벌어졌다.

그런데 이러한 상황에서 신생 출판사들이 일을 내는 경우가 적지 않다. 그야말로 '베테랑'은 지고 '루키'가 일을 내는 세상인 것이다. 종합 베스트셀러 1, 2위를 '1인 출판사'들이 석권하니 이제 작은 출판사의 시대라는 이야기도 나온다. 제이슨 엡스타인은 『북 비즈니스』(미래사, 2001)에서 출판사는 디지털 기술로 말미암아 "이전과 같은 가내공업의 장인과 같은 업무로 회귀할 수 있게 될 것"이며, 미래의 책은 "대규모 출판사에 의해 만들어지는 것이 아니라 편집자 또는 출판인으로 구성된 소규모 팀에 의해 만들어지게 될 것"이기 때문에 우리는 현재 "출판의 새로운 황금기의 입구"에 서 있다고 말했다.

그의 예측 또한 정확히 맞아떨어졌다. 이제 하나의 데이터 파일을 종이책, 전자책, 앱북 등 다양한 버전의 책으로 만들어낼 수 있는 사람은 자신의 인생을 '황금기'로 구가할 수 있다. 이미 아마존 킨들의 자가 출판 시스템으로 자신의 책을 펴내 단기간에 100만 명의 독자를 만난 저자가 줄줄이 탄생하기도 했다. 누구라도 자신의 책을 스스로 편집해 세계적인 베스트셀러로 만들 수 있는 세상이 된 것이다. 그뿐인가? 책에서 시작된 다양한 연관 상품을 만들어내면 고부가가치를 창출할 수 있다.

지금 세상은 '읽기'와 '쓰기'가 연동되고, '쓰기'는 다시 '출판'과

연동된다. 따라서 저자가 곧 출판사가 될 수 있다. 이제 단일 상품의 매출을 키우는 데 출판사의 규모가 큰 역할을 하지 못하는 세상이 되었다. 혼자서 모든 일을 꿰뚫고 일을 진행할 수 있기 때문이다. 그리고 그 책으로 강연하면서 일을 늘리거나 자금을 확보할 수도 있다. 이렇게 글로벌 IT 혁명의 승리자가 되려면 누구든 새로운 출판 시스템부터 이해할 필요가 있다. 출판의 프로세스 또한 혁명적으로 바뀌고 있으니 말이다.

하이콘텍스트가 성패를 좌우한다
• • • • •

다시 한번 강조하지만 이때 상업적으로 성공하려면 하이콘텍스트부터 이해할 필요가 있다. 실제로 요즘 모든 미디어는 하이콘텍스트를 적극적으로 활용하고 있다. 모두가 생산자이자 소비자이기에 서로 깊이 연결되어 있기 때문이다. 특히 시청률을 의식하는 텔레비전이 이런 흐름을 주도한다. 그들은 시청자가 '유혹의 그물망'을 빠져나가지 못하도록 하이콘텍스트 방식을 적극적으로 이용한다.

스토리를 파는 드라마는 강력한 캐릭터를 지닌 다수의 인물들을 등장시킨다. 요즘에는 한 명의 주인공 또는 핵가족을 중심으로 돌아가는 드라마를 찾아보기 어렵다. 〈도둑들〉 같은 블록버스터 영화에 다양한 개성을 가진 여러 명의 주인공이 등장하는 것처럼 드라마에도 〈꽃보다 남자〉의 F4처럼 임팩트가 강한 주인공들이 등장한

다. 형식을 파는 토크쇼 역시 개성이 다른 인물들이 '떼거리'로 등
장해 기상천외한 이야기를 털어놓으면서 자신만의 강점을 보여주
려고 경쟁한다. 심지어 가요프로그램에서는 복면을 쓰고 등장하기
도 하는데 익명성이 재미를 더한다. 세계의 모든 문제를 '중계'하는
뉴스에서는 날마다 충격적인 사건이 벌어지니 '하이라이트' 화면만
모아놓아도 시청자를 유혹할 수 있다. 스포츠 중계 역시 하이라이트
화면만 반복해서 틀어도 장사가 된다.

　물론 우리가 이러한 미디어에 빠져들수록 삶의 문제는 전혀 해결
되지 않는다. 큰 문제를 잘게 토막 내 침소봉대하여 한두 가지만 화
제로 삼으면서 전체를 덮어버리는 일이 일상적으로 벌어지기 때문
이다. 탄핵 정국을 되돌아보라. 법과 원칙을 늘 무시하는 박근혜 전
대통령은 '법질서'를 입에 달고 살면서 남의 탓만 했고, 경제를 망친
여당은 송민순 회고록 『빙하는 움직인다』(창비, 2016)의 한 구절을
문제 삼아 문재인이 북한의 사주를 받아 UN에서 북한인권 결의안
을 기권한 것으로 야당을 공격했고, 무능한 야당은 '최순실 게이트'
에 대해서만 떠들었다. 그 누구도 통합적인 전망을 내놓지 않았다.
JTBC에서 최순실 게이트에 대한 증거가 담긴 태블릿 PC를 공개하
지 않았다면 어떻게 되었을까? 하여튼 다급해진 박 전 대통령이 개
헌카드를 들고 나왔지만 바로 최순실 게이트의 폭발력에 묻혀버렸
다. 그리고 결국 그는 감옥에 갔다.

　사람들은 이제 인간의 삶이라는 큰 주제를 놓고 합리적인 토론을
벌이지 않는다. 큰 주제를 잘게 쪼개서 중요하다고 생각하는 한두

가지만을 놓고 집중적으로 떠들며 세상 사람들의 관심을 이끌어내려는 하이콘텍스트의 시대이기 때문이다. 그래서 개인이 중심을 잡지 않으면 하이콘텍스트의 위력에 휩쓸려가게 마련이다.

하이콘텍스트의 힘을 키운 것은 소셜미디어다. 그곳은 모든 문제의 집합소로, 다양하게 엮어서 문제를 키우거나 죽이기도 한다. 그러나 그곳에는 남이 올려놓은 이야기에 대한 무책임한 수용만이 존재한다. '좋아요'를 누르거나 댓글을 다는, 비평과는 다소 거리가 먼 행위만 넘칠 뿐, 독창적인 사유를 통해 세상을 제대로 보여주는 안목은 찾아보기가 어렵다.

왜 이런 사태가 벌어지고 있을까? 백욱인 서울과학기술대학교 교수는 일찍이 『속물과 잉여』(지식공작소, 2016)에서 '속물'과 '잉여'라는 개념으로 설명한 바 있다. '속물'은 "체제 내에 포섭되어 축적하고 소비하는 주체"다. 그들은 재산과 지위를 축적하는 데 일생을 바쳤다. 그러나 정작 자기 주체에 대한 성찰과 반성은 없었다. 이들은 생존력이 매우 질기고 거짓말도 잘한다. 모방과 추종에 능하고 저속취향인 데다 개성은 실종되어 있다. 계산에 매우 치밀하고 자기 소유와 관련된 사안에는 끝까지 포기하지 않는 집요함을 보인다.

'잉여'는 "속물 대열에 가담하여 속물 지위를 얻고자 노력했으나 실패한 자들 가운데 속물되기를 유예하고 있는 자들"로 "체제 안에 살지만 이상한 방식으로 체제에 포섭된 몸의 비듬 같은 존재"다. 이들은 마조히즘과 사디즘을 오간다. '병신 짓'이라고 스스로 폄하하고 비하하다가 느닷없이 상대를 욕하거나 폭언을 일삼는다. 주로

"인터넷에서 패거리를 즐기지만 심하게 인정 경쟁에 빠져들면 현실로 걸어 나와 엽기행위를 서슴없이 저지르기도" 한다.

　백 교수는 "애비는 벌써 속물이 되었고, 속물들의 자식들이 자기계발에 열중하여 차세대 속물되기를 준비하는 동안 속물에도 끼지 못한 애비들의 자식들은 잉여의 나락으로 떨어졌다"고 말했다. 넘치는 잉여들이 벌이는 '잉여 짓'이 정보자본주의의 밑거름이 된다는 주장이 없지 않았다. 하지만 공간이동을 이용해 이익을 창출하는 '상업자본'이나 기술력의 차이를 통해 이윤을 창출하는 '산업자본'은 글로벌 경쟁으로 갈 길을 잃어버렸다. 공황 상태가 장기적으로 지속되는 가운데 자본주의 시스템은 판을 갈아엎어서라도 체제를 유지하려 발버둥 치고 있다. 그 방안 중 하나가 아마 전쟁일 것이다. 트럼프라는 괴물이 등장한 이후 위기에 봉착한 세력이 전쟁을 일으킬까 두려워하는 목소리들이 점차 커지고 있다.

　이제 '속물'이 될 수 있는 길은 거의 차단되었다. '속물'이 될 수 있는 지름길인 '사법시험'마저 폐지되자 이제 개인이 스스로 해볼 수 있는 일은 거의 없다. 이미 '속물'이 된 자들은 잉여가 된 제 자식을 챙기는 데만 열중하고 있다. 최순실의 딸 정유라는 예외라 치더라도 우병우의 아들은 '코너링'이라는 간단한 기술만으로도 좋은 자리를 차지할 수 있었다. 하지만 대부분의 젊은이는 '단군 이래 최고의 스펙'을 쌓아도 변변한 일자리 하나 찾지 못하고 있다. 성공과 안정에 대한 강박증적 요구로 자기계발을 열심히 해왔지만 2016년 3월에 벌어진 '알파고' 이벤트 이후 모든 직업에 대한 미래가 불투명해지자 넋을 놓고 있다.

소셜미디어의 위세가 커지면서 커뮤니케이션의 계층성은 점점 강해지고 있다. 소셜미디어는 '공감의 장치'이고 하이콘텍스트의 생명도 '공감'이다. 둘은 찰떡궁합처럼 잘 맞아떨어지고 있다. 우리가 소셜미디어에 글을 올려 즉각 '좋아요'의 반응을 얻어내려면 임팩트가 강한 주제를 짧게 제대로 이야기할 수 있어야 한다. 소셜미디어는 이성(머리)이 아니라 감성(몸과 마음)으로 호소하는 공간이기도 하다. 그런 공간을 어떻게 활용하는가에 따라 확산되는 과정에서 콘텐츠 자체에 재미도 더해져 하이콘텍스트 콘텐츠와 소셜미디어는 서로 상승작용을 일으킨다.

가장 중요한 것은 큰 테마다
● ● ● ● ●

하이콘텍스트가 넘치는 세상이 되었음에도 불구하고 진정한 '공감'은 사라지고 있다. 그저 누구를 비판하면 내가 뜬다거나 특정한 속물과의 친소관계만 자랑하는 날라리 감수성을 가진 양아치만 넘치고 있다. 하이콘텍스트가 아니면 상업적인 성공을 이루기 어려운 세상에서 벗어나 유유자적할 사람이 과연 존재할까?

일본에서 하이콘텍스트로 좋은 결과를 얻어낸 『만약 고교야구 여자 매니저가 피터 드러커를 읽는다면』(동아일보사)이라는 베스트셀러를 펴낸 가토 사다아키는 「인터넷&소셜 시대에 히트하는 콘텐츠 왜 '하이콘텍스트'인가」라는 글에서 "밀리언셀러보다 10만 명과 밀접한 관계를 맺는 것이 중요하다"고 말했다. 그는 그 이유를 이렇게 설명했다.

CD나 서적, 영화 등 일반 대중을 대상으로 한 계층성이 약한 커뮤니케이션만 가능했던 시대에서 인터넷의 등장으로 말미암아 소수의 팬과 좀 더 밀접한 관계를 구축할 수 있는 시대가 되었다. 지나치게 규모가 작아 종래 유통으로 인식되지 못했지만, 분명히 그곳에 존재했던 상권을 가시화하고 비즈니스로서 성립시킬 수 있게 되었다. 팬의 수가 적은 경우뿐 아니라 상당수의 팬을 확보한 콘텐츠나 아티스트도 이러한 연결이 가능하다면 커뮤니티의 질이 향상되고 팬의 만족도도 올라갈 것이 분명하다. CD 100만 장, 서적 100만 부와 같은 종래 지표만이 아니라 10만 명, 1만 명, 1,000명의 팬과 밀접하게 연결되는 새로운 가치의 평가 축이 생겨나고 있다. 매스커뮤니케이션 시대에는 미처 인식하지 못했던 다양한 규모의 팬과 지속적으로 이어가는 관계의 가치는 앞으로 점점 높아지게 될 것이다.

최근 우리 출판시장에서 하이콘텍스트의 중요성을 알려주는 사례는 맨부커상 인터내셔널을 수상한 『채식주의자』(창비, 2007)의 인기와 '강남역 살인사건'이 발생한 이후 페미니즘 도서의 판매가 급증한 일이다. 『채식주의자』는 상을 수상했다는 이유 하나로 밀리언 셀러가 되었다. 또한 강남역 살인사건이 여성혐오에 의한 것인지가 논란이 된 와중에 한 성우가 메갈리아라는 여성주의 커뮤니티에서

구입한 2만 원짜리 티셔츠 사진을 SNS에 올린 것이 계기가 되어 상황은 남녀 갈등으로까지 번졌다. 이후 페미니즘 도서는 대세를 이뤘다. 이런 현상에서 우리는 이제 텍스트도 중요하지만 책을 둘러싼 이야기(콘텍스트)를 만드는 일이 매우 중요해졌다는 교훈을 얻었다.

이제 우리는 '유혹의 그물망'을 친 다음 독자가 스스로 걸려들게 만들 필요가 있다. 출판에서 가장 하이콘텍스트적인 속성이 강한 것은 잡지다. 사람들은 자신이 좋아하는 기사 하나를 보기 위해서라도 잡지를 샀다. 그러나 이제 잡지의 속보성이 인터넷에 밀리면서 급격하게 추락하고 있다. 대단한 특종 기사를 실어도 방송 카메라의 실시간 현장 중계에 잡지는 바로 관심에서 사라진다.

우리는 초연결 사회에 살고 있다. 그래서 '책의 발견과 연결성'이 갈수록 중요해지고 있다. 하이콘텍스트가 중시되는 것도 연결성 때문이기도 하다. 따라서 출판 편집자는 세상의 변화를 주목하고 있다가 사건이 터질 때마다 자신이 펴낸 책을 그 사건과 연결해 알릴 방안을 찾아야 한다. 국회의원 이은재가 국정감사를 하면서 MS와 마이크로소프트가 같은 회사인 줄도 모르고 서울시교육감에게 호통쳤을 때 여러 사람이 만든 '카드뉴스'가 엄청난 화제가 된 일에서 교훈을 얻을 수 있다. 출판칼럼니스트 문보배의 지적처럼 '우연과 전략을 연결'하는 것이 하이콘텍스트 마케팅의 핵심이다.

결국 하이콘텍스트 시대의 출판에서 가장 중요한 것은 '큰 테마'다. 어떤 테마를 잡아야 할까. 적어도 즉각 대중의 관심을 끌 수 있는 임팩트가 강한 테마여야 할 것이다. 검색의 시대니 한눈에 관심을 끌 수 있는 테마 발굴이 시급하다. '무언가를 수확한다'는 인간의 근원적 욕구에 접근하는 콘텐츠를 발굴한다면 누구라도 큰 성과를 낼 수 있다.

출판 입문 35년 만에 펴내는 이번 출판평론집의 제목은 『하이콘텍스트 시대의 책과 인간』으로 정했다. 22개의 글을 책과 시대적 변화의 연관성, 책과 디지털 미디어의 결합, 출판계가 앞으로 나아가야 할 방향으로 나누었다. 난삽한 글들을 하나로 모아놓고 보니, 동어반복도 있고 부족한 점이 적지 않지만 발표 원고를 크게 고치지는 않았다. 부족한 글일지언정 하이콘텍스트 시대에 출판 종사자들에게 던져야 할 화두는 어느 정도 모아졌다고 느꼈기 때문이다.

출판 입문 35년을 기념해 이 책과 함께 『우리는 모두 저자가 되어야 한다』를 펴낸다. 나부터가 출판 입문 15년째에 펴낸 『출판마케팅 입문』이 포트폴리오 역할을 해준 덕분에 20년 동안 출판평론가 행세를 하면서 살 수 있었다. 안정적인 삶을 추구하는 사람이라면 누구나 포트폴리오가 될 만한 책이나 글을 써야 하는 세상이 곧 도래할 것이라 믿는다. 책을 써야 하는 사람은 많이 읽기도 할 것이기에 출판 매출 확장에도 도움이 될 것이다.

부족한 사람이 35년 동안이나 출판평론가로 살 수 있었던 것은 많은 이들의 후의가 있었기에 가능했다. 또 직원들과 동료들의 노고가 있었기에 나는 늘 힘을 낼 수 있었다. 일일이 거명하지는 않지만 이 기회에 모두에게 고마움을 표시하고 싶다. 두 책으로 35년 출판

인생을 정리하면서 얼마 남지 않은 출판 인생도 책의 문화를 진작시키는 데 헌신할 것을 맹세 드린다.

2017년 4월

한기호

차례

3장 · 책, 미래를 '말하다'

1장

책,
디지털 미디어를
'입다'

왜
하이콘텍스트
출판인가

2016년 한강의 『채식주의자』가 맨부커상 인터내셔널을 수상하면서 반짝하던 출판경기가 최근 다시 침체의 늪에 빠져들고 있다. 과거 베스트셀러를 연이어 내놓던 출판사들마저 어떻게 손을 써야 할지 모르겠다며 불안에 떨고 있다. 당장 언론매체의 광고가 먹히지 않는다고 아우성이다. 언론에서 대서특필한 책들마저 지면 광고를 꺼리고 있다. 심지어 크게 홍보되어도 별다른 영향이 없다는 자조가 넘친다. 지금 출판사들은 대체로 광고비의 90% 이상을 온라인서점의 화면 광고나 이벤트, 대형 오프라인서점의 매대 구입에 투입하고 있지만 그마저도 효과가 별로 없다는 이야기가 쏟아져 나오고 있다.

세상에 비밀이 어디 있겠는가. 내부자부터 돈으로 매대를 샀다는 사실을 아는데 누가 그런 책들을 쳐다볼 것인가. 그러니 어떤 책을 내놓아도 팔리지 않을 수밖에 없다. 특단의 대책을 말하지만 묘수가 잘 떠오르지 않는다. 그렇다고 주저앉을 수는 없는 것 아닌가. 우리는 이제 잘 팔리는 책의 흐름을 살펴볼 수밖에 없다.

2016년 출판시장에서 드러난 가장 중요한 특징은 콘텍스트의 중요성이 크게 부각되었다는 점이다. 『채식주의자』가 맨부커상 인터내셔널을 수상하자마자 폭발적으로 팔리면서 잠시 한국소설이 인기를 끌었다. 강남역 살인사건 발생 이후에는 이 사건이 여성혐오에 의한 것인지를 놓고 논란을 벌이자 페미니즘 도서의 판매량이 급증했다.

콘텍스트 수준이 아니라 하이콘텍스트여야 한다는 이야기는 그래서 설득력이 있다. 지금은 소비자가 생산이나 마케팅에 적극 개입하는 시대다. 최근 국회의원 이은재가 국정감사를 하면서 MS와 마이크로소프트가 같은 회사인 줄도 모르고 서울시교육감에게 호통을 쳤다. 그러자 여러 사람이 카드뉴스를 만들어 이은재를 조롱했고, 페이스북에서는 그렇게 등장한 카드뉴스에 '좋아요'를 누르거나 댓글을 달고 공유했다. 이은재는 졸지에 실시간 뉴스 1위에 오르는 기염을 토했다. 출판마케팅에서도 이런 일이 일상적인 일이 되어야 한다는 것은 두말할 필요가 없다.

2016년 국내 출판계 최대의 화두는 '책의 발견과 연결성'이었다. 우리는 여러 토론을 통해서 책이 출간되어도 독자가 그 사실을 알 수 없는 현실을 타개하지 않고는 출판업이 지속되기 어렵다는 사실을 확인했다. 이후 책을 기획하는 단계에서부터 하이콘텍스트를 활용할 준비를 해야 한다는 이야기가 나오는 것은 당연한 수순일 것이다.

다양한 분야에서 배운 것을 토대로 전략을 세워 쓴 소설
● ● ● ● ●

『만약 고교야구 여자매니저가 피터 드러커를 읽는다면』(이와사키 나쓰미, 동아일보사) 2탄 '이노베이션과 기업가정신 편'이 출간되었다. 이 책을 보자마자 1탄이 생각났다. 전에 읽은 기억이 있는데 책을 찾을 수 없었다. 그래서 다시 구입해 읽어보았는데 역시 책을 한번 잡으니 손에서 놓기가 어려웠다.

이 소설의 내용은 단순하다. 고교 2학년생인 여주인공 미나미가 호도쿠보 고등학교의 야구부 매니저를 맡게 된 후 팀이 전국 고교 야구 대회가 열리는 고시엔甲子園에 진출할 수 있도록 피터 드러커의 『매니지먼트』를 읽고 그의 경영이론을 야구에 접목해 팀을 개혁해 간다는 내용이다. 이 책은 '만약'이란 뜻의 일본어 '모시もし'와 드러커의 일본식 발음 '도라'를 따서 만든 조어인 '모시도라'로 불렸다. 2편 '이노베이션과 기업가정신 편'의 별칭은 '모시'와 '이노베이션'을 합한 '모시이노'다. 1편은 만화, 애니메이션, 영화로 만들어져 큰 인기를 끌었다. 이 책의 인기에 편승해 피터 드러커의 『매니지먼트』도 베스트셀러 상위권에 오르는 기염을 토했다.

이 소설은 동일본 대지진이 터진 2011년에도 3위에 올랐다. 1위는 신참 여형사가 현장에 가보지도 않고 난해한 사건을 술술 해결하는 모습을 보여준 본격 미스터리 소설『수수께끼 풀이는 저녁 식사 후에』(히가시가와 도쿠야)였다. 하지만 '모시도라'도 전년에 이어 인기가 계속되면서 총 280만 부나 팔렸다. 2001년 미국에서 벌어진 9·11 테러에 비견되는 동일본 대지진이 터지자마자 공포감에 휩싸인 일본인들은 새로운 리더십을 촉구하기 시작했다.

가령 작가 이쓰키 히로유키는『하산下山의 사상』을 펴냈는데 그는 이 책에서 "1945년 첫 패전 이후 이를 악물고 산을 올라 경제대국으로 발돋움한 일본이 '제2의 패전'을 맞은 지금은 서서히 산을 내려갈 준비를 해야 한다"고 말했다. 그는 "그래야만 다시 도약할 수 있다"는 것을 역설하기 위해 이런 주장을 펼친 것이지만, 당시 일본인들 일부는 막부말기나 전국 시대 무사들의 희생정신에서 리더십을 배워야 한다고 주장했다. 그 덕분에 오사카를 중심으로 잠시 '하시모토'라는 정치인이 뜨기도 했다. 이런 분위기에서 오합지졸이나 다름없는 선수들로 구성된 호도쿠보 야구부가 고시엔 출전 자격을 얻는 이야기가 어느 정도 먹혀들었을 것이다.

소설의 등장인물을 살펴보자. 감독과 사이가 좋지 않고 훈련에 거의 참여하지 않는 확고부동한 에이스 투수 아사노 게이치로, 도쿄대에 진학해서 야구부에 있었으나 교사가 되었고 호도쿠보의 감독이 되었지만 선수들에게 말하는 것을 매우 어려워하는 가치 마코토, 가장 성실하고 모든 일을 솔선수범해서 처리하지만 캐치볼마저 제대로 하지 못하는, 만년 후보 선수지만 사업가가 되겠다는 꿈을 가진 마사요시, 입학시험 이후 전교 1등을 한 번도 놓친 적이 없지만 뭘 물어보아도 대답을 하지 못하거나 도망치려고만 하는 1학년 매니저 아야노, 병원에 입원해 있으면서 모든 야구부원들과 '병문안 면담'을 통해 야구부를 마케팅하는 전전 매니저 유키, 최고의 준족을 자랑하지만 주전 외야수라는 것 자체를 고민하는 후미아키, 결정적인 실책을 범해 팀을 늘 패배로 이끌던 유격수 유노스케 등이다. 그들은 결정적인 순간에 각자의 자리에서 최고의 실력을 발휘해 '고객 감동'을 안겨준다. 이와사키 나쓰미는 〈주간 동아〉와의 인터뷰(2011년 10월 24일 자)에서 이 책의 탄생 일화를 털어놓았다.

"대학에서 건축을 전공했다. 연예계에 발을 들여놓았으나 어릴 적부터 소설을 쓰고 싶었다. 연예기획사에서 일할 때 사장인 아키모토 야스시(유명 작사가 겸 방송작가)로부터 '여고생을 주인공으로 하는 영화를 기획해보라'는 지시를 받았다. 드러커가 쓴 경영서 『매니지먼트』를 인상 깊게 읽었던 터라 그 책에 나오는 매니저와 비슷한 인물이 주인공 노릇을 하는 영화를 만들면 어떨까 싶었다. 미국 메이저리그에서 매니저는 감독을 의미하지만, 일본에서는 스코어를 기록하거나 뒷정리를 하는 '고교 야구부의 여학생 매니저'가 먼저 떠오른다. 여학생 매니저가 자신이 하는 일이 감독 소임과 같다고 착각해 드러커의 책에 적힌 대로 야구단을 운영하면 어떤 일이 생길까 하는 착상을 했다. 구상을 블로그에 올렸는데, 이를 본 출판사에서 소설로 써보면 어떻겠냐고 제안해왔다. 그렇게 탄생한 책이 '모시도라'다."

그는 또 "걸그룹 프로듀싱을 할 때는 어떻게 하면 인기그룹이 될지, 웹코딩 회사에 다닐 때는 어떻게 하면 히트 콘텐츠를 만들지 고민했다. 소설을 쓰면서도 어떻게 하면 독자가 이 책을 살까 하고 스스로에게 끊임없이 질문을 던졌다. 세 가지 일은 다른 분야지만 공통점을 지닌다. 어떻게 하면 히트작을 만들 수 있을지를 궁리해야 한다는 점이 그것이다. '모시도라'는 다양한 분야에서 배운 것을 토대로 전략을 세워 쓴 소설"이라고 밝혔다.

소셜 시대에 히트하는 콘텐츠
• • • • •

이와사키 나쓰미의 블로그를 보고 책을 내자고 제안한 사람은 다이아몬드사의 편집자 가토 사다아키였다. 작가는 그 사실을 책의 후기에서 밝혔다. 가토는 2011년에 독립해 '피스 오브 케이크'를 설립했다. 그는 '모시도라' 이외에도 『평가경제사회』, 『스타벅스에서는 그란데를 사라』(요시모토 요시오 저, 동아일보사, 2008), 『가장 안전하게 돈 버는 주식투자 원칙』(후지사와 가즈키 저, 더난출판사, 2007), 『영어는 듣는 것이 시작이다』 등을 담당했다.

가토 사다아키가 「인터넷&소셜 시대에 히트하는 콘텐츠는 왜 '하이콘텍스트'인가」(〈편집회의〉 2014년 겨울호)에서 하이콘텍스트의 예로 든 것은 매우 치밀한 계산을 거쳐 작업했으리라고 예상되는 '스즈미야 하루히' 시리즈다. 그는 "'츤데레(처음에는 새침하고 퉁명스럽게 대하지만 애정을 갖기 시작하면 수줍어하는 모습을 드러내는 타입)', '여동생계(어리광을 부리는 귀여운 여동생 같은 타입)'와 같은 다양한 캐릭터가 등장하는 등 이른바 '모에 아니메(스토리보다 캐릭터를 중시하여 개성이 각각 다른 캐릭터의 매력으로 작품을 이끌어가는 애니메이션 장르의 하나)'의 콘텍스트가 모두 녹아든 작품이다. 무엇보다 주축이 되는 스토리가 재미있고 작화 퀄리티도 높다. 그야말로 하이콘텍스트적 성격이 강한 히트작"이라고 말했다.

가토는 또 하이콘텍스트 수법이 전통적으로 사용되어 온 분야가 바로 아이돌 업계라고 설명하고 있다. 캔디즈, 오냥코클럽, AKB48 등의 아이돌 그룹은 멤버들의 개성과 색깔이 다양하여 대중은 멤버 중 어느 한 명이든 호감이 가는 소녀를 발견하기 마련이다. 널리 알려진 바와 같이 삼인조 테크노 팝 유닛 퍼퓸^{パフューム}은 이 각자 개성의 표출이 세련된 형태로 구체화된 하이콘텍스트 콘텐츠의 좋은 사례다. 치밀하게 계산된 마케팅으로 멤버의 헤어스타일, 의상, 캐릭터가 상당히 명확하게 구분된다.

가토는 자신이 편집을 담당한 '모시도라'가 "퍼퓸의 영향을 강하게 받았다. 이 책은 본문 곳곳에 삽입된 애니풍 삽화가 특징으로 꼽히는데 여기에 등장하는 여학생 세 명은 헤어스타일이나 의상이 명확하게 구별된다"고 말했다. 앞에서 살펴본 대로 '모시도라'의 등장인물은 모두 캐릭터가 강한 인물들이다. 소설을 읽어본 이들은 알겠지만, 전·현직 매니저인 세 여학생은 성격이 매우 다르지만 서로 강한 영향을 준다.

이와사키 나쓰미는 "표지, 제목이 모두 나의 아이디어다. 처음에는 주위의 반대가 심했다. 우여곡절 끝에 출판사에서 내 생각을 이해하고 받아들였다. 일본에서는 '라이트 노벨Light Novel'의 인기가 대단하다. 드러커는 '현대 경영학의 아버지'라고 불릴 만큼 훌륭한 사상가지만, 그의 책을 어렵게 생각하는 사람이 많다. 그래서 젊은 층이 좋아할 만한 라이트 노벨 풍으로 표지를 만들었다. 또한 제목에서 내용을 정직하게 드러내는 것이 독자에게 어필하리라고 생각했다"고 말했다.

이런 흐름은 우리 드라마를 비롯한 문화상품에서도 드러난다. 〈꽃보다 남자〉의 'F4' 이후 거의 모든 드라마나 영화, 오락 프로그램에서는 개성이 다른 여러 인물이 등장한다. 따라서 이들 프로그램을 보는 누구나 반드시 그중 마음에 드는 인물이 있기 마련이다. 하나의 이념이나 강한 주장을 담은 문화상품은 이제 점차 소외된다. 인물이라도 다양한 해석이 가능해야 한다. 시청자 혹은 독자가 처한 상황에 따라 공감의 결이 다른 중층성의 작품이어야만 많은 공감을 얻을 수 있다.

이제 콘텐츠가 많은 사람의 선택을 받기 위해서는 '하이콘텍스트(생활관습이나 문화적 배경, 경험에 공통부분이 많은 정도)'적 성격을 띠어야 한다. 그런 작품만이 소셜미디어에서 즉각적인 반응을 이끌어내면서 많은 논쟁을 불러일으킨다. 소비자는 생산에까지 개입한다. 이미지나 동영상 등 2차 제작을 통해 자기 것으로 만들려는 노력을 기울인다.

팬이 늘지 않으면 히트는 어렵다

● ● ● ● ●

이런 흐름이 발생한 이유는 무엇일까. IT 혁명 때문이다. IT 혁명은 간단하게 말하면 '손 안의 컴퓨터'를 이용해 검색 하나로 인류가 생산한 모든 지식에 접근할 수 있는 세상이 된 것을 말한다. 이제 인간은 모든 것을 스마트폰 하나로 해결하려 든다. 나는 2005년에 출간된 『2020 미래한국』에 실린 「세상은 변해도 우리는 '책'을 읽는다」에서 휴대전화에 대해 다음과 같이 썼다.

휴대전화는 그 범용성으로 말미암아 갈수록 그 성능이 발달하고 있다. 삼성전자에서 2004년에 새로 선보인 애니콜 SPHV5400만 하더라도 세계 최초로 1.5GB의 하드디스크를 내장했으며, MP3, 100만 화소의 카메라, FM 송신 기능, TV출력 기능, 전자책, 전자사전(33만 단어)의 기능을 보유했다. 이들은 영화, 게임, 책, 인터넷 검색, 메일 체크, 전자사전, TV 및 FM 기능, 전자책 등이 가능한 멀티 플레이어를 자칭하고 있다. '내 손 안의 작은 세상'으로 표현되는 휴대전화는 이미 컨버전스를 주도하는 대표선수다. 대용량 데이터를 주고받는 초고속 무선 인터넷 기능에다 디지털카메라, 은행결제카드, MP3, 캠코더, 게임기, TV 수신기, 네비게이터, 무전기, 녹음기, 메신저 등 인간이 정보와 연결되는 '모두'를 주도하기 시작했다. 머지않아 모든 가전제품을 통제하는 '휴대전화 리모컨 시대'마저 열릴 것이며, 휴대전화가 모바일 정보시장의 황제로 등극할 것이다.

그로부터 11년이 지났다. 이미 스마트폰 안에는 시장, 도서관, 은행, 사교클럽 등 모든 것이 존재한다. 그런 곳에서 한순간 흥미를 끌지 못하면 바로 도태된다. 그러니 사전에 충분한 준비를 거친 다음 콘텐츠를 등장시킬 필요가 있다. 그렇게 공개한 콘텐츠가 갈수록 마니악해지는 사용자들의 선택을 받으면 대박이 날 수도 있지만 대체로 바로 도태되는 일이 발생한다. 도태되지 않으려면 보다 많은 이의 관심을 끌 수 있는 소재여야 한다. 그래서 하이콘텍스트여야 하는 것이다.

가토 사다아키는 "하이콘텍스트라는 이유만으로 큰 히트로 이어지는 콘텐츠가 될 수는 없다. 대중의 기호가 다양해진 현대에는 유통되는 콘텐츠 하나하나가 틈새시장이 되기 십상이다. 팬이 늘지 않으면 히트상품이 되기 어렵다. 이런 상황에서 '히트 콘텐츠'를 제작하려면 좀 더 많은 사람의 흥미를 끌기 위한 방법으로 우선 콘텐츠의 중심이 되는 큰 테마를 준비해야 한다. 나아가 그 주위에 무수한 콘텍스트를 덧붙여가야 한다. 모든 콘텐츠에 이 방법론을 적용할 수는 없지만, 중심이 되는 단단한 스토리가 없다면 하이콘텍스트 콘텐츠가 히트하는 방법은 없다"고 말했다.

그는 또 "소셜미디어는 '공감의 장치'이므로 공감할 수 있는 요소가 많으면 많을수록 폭넓은 층의 사람들이 '좋아요!'라고 반응하거나 딴지 코멘트 한마디를 붙여서 공유하는 경향이 강해진다. 즉 화제가 더욱 급속히 확산되는 것이다. 또한 확산되는 과정에서 콘텐츠 자체에 재미도 더해져 하이콘텍스트 콘텐츠와 소셜미디어는 서로 상승작용을 일으킨다. 콘텐츠와 커뮤니케이션은 본질적으로 같은 것"이라고 했다. 나는 이미 〈기획회의〉 424호(2016년 9월 20일 자)에 실린 「왜 하이콘텍스트여야 하는가」에서 하이콘텍스트가 성공하려면 되도록 큰 테마를 잡아야 하고 사전에 커뮤니티를 만들 필요가 있다고 말했다.

콘텐츠의 중요성을 몰랐던 시대는 없었다
● ● ● ● ●

이와사키 나쓰미는 '모시도라'에서 독자가 놓치지 않았으면 하는 단 하나의 구절로 "상대 타자를 포볼로 내보내고 싶어 하는 투수는 이 세상에 단 한 명도 없다"는 것을 들었다. "문제 해결은 상대방 처지에서 생각하는 데서 시작해야 한다는 것"이야말로 경영학 교과서가 되려는 소설의 큰 테마일 수 있다. 그는 또 소설 속에서 '보내기 번트'와 '타자로 하여금 스트라이크가 아닌 볼을 치게 하는 투구 기술'이 현대 야구를 재미없고 진부하게 만들기에 버려야 할 요소라고 주장했다. 그는 2008년 베이징올림픽에서 한국과 일본이 경기를 할 때 호시노 센이치 감독이 이끈 일본 야구대표팀이 패한 이유가 '보내기 번트'와 '타자에게 스트라이크가 아닌 볼을 치게 하는 투구법'이라고 생각한 것에서 모티브를 얻었다고 말했다.

하지만 소설에서는 결정적인 번트로 결정적인 경기에서 승리하는 장면이 나온다. 또 1982년 세계야구선수권대회 결승전에서 한국이 일본을 이긴 결정적인 이유도 김재박의 '개구리 번트'였다. 관중에게 감동을 주는 야구가 무엇인가에 대해서는 논란의 여지가 있는 주장이다. 그렇지만 이런 이야기가 소설 속에 많이 배치되어 커뮤니티에서 논란이 될수록 성공할 가능성이 높다.

『데카메론』이전이나 이후나 콘텐츠(이야기)의 중요성을 몰랐던 시대는 없었다. 책이 팔린 이유를 대라면 어느 시대나 콘텐츠가 좋았다는 해석이 뒤따랐다. 그러나 이제 콘텐츠에 대한 이야기를 하는 콘텍스트가 더욱 중요해졌다. 책을 둘러싼 다양한 이야기를 만들어 내지 못하면 아무리 우수한 콘텐츠라도 독자의 선택을 받기가 어렵다. 나아가 더 많은 사람이 공감하고 공유할 수 있는 하이콘텍스트 콘텐츠를 활용한 비즈니스가 콘텐츠 비즈니스의 핵심이 되었다. 그러니 서둘러 그런 시스템에 적응해야만 할 것이다.

책의 발견과 연결성,
그리고
플랫폼의 필요

한국 출판은 희망이 있을까? 최근 몇 년간 단행본 출판의 선두를 달리던 출판사들이 경영진 교체나 내부 다툼 등으로 휘청거리고 있다. 그런 출판사에서 밀려나온 사람들이 출판사를 차리는 바람에 1인 출판사 또는 중소형 출판사들이 늘어나고 있어 신간 발행 부수가 줄어들지는 않고 있다. 그렇지만 '세월호 참사'나 '메르스 파동' 등의 대형 악재가 연속해서 터지는 바람에 출판 경기는 최악의 상황으로 몰리고 있다.

그렇다면 대형 악재가 터지지만 않는다면 출판의 위기는 자연스럽게 극복될 것인가? 아니다. 출판의 위기는 일시적 위기가 아니라 문명 대전환에 따른 시스템의 위기이기 때문이다. 2015년 9월 22일 한국출판마케팅연구소가 개최한 제1회 출판포럼 「책의 발견과 연결성」에서 장은수 편집문화실험실 대표는 2012년 즈음부터 미국, 유럽 등 출판 선진국을 포함해 전 세계 출판계의 화두로 떠오른 개념이 '연결성'이라고 주장하면서 현재의 상황을 다음과 같이 요약했다.

보도만으로 발견되지 않는다. 그러나 보도조차 어렵다.
배본만으로 판매되지 않는다. 그러나 배본조차 충분치 않다.
보관(도서관은 책이 포화상태다)만으로 읽히지 않는다. 그러나 공간조차 자꾸 줄어든다.

책을 읽을 독자가 없다
● ● ● ● ●

출판계가 가만히 있으면 독자는 저절로 줄어들 수밖에 없다. 그러니 비독자를 독자로 만들지 않는다면 출판 비즈니스는 저절로 붕괴되고 마는 것이다. 언론에서의 책 소개 지면은 갈수록 줄어들고 있다. 설사 소개된다고 해도 책의 판매에 기여하는 효과가 격감하고 있다. 악화가 양화를 구축하고 있기 때문이다. 온라인서점의 매출 집중과 오프라인서점의 위축으로 말미암아 독자는 서점에서 원하는 책을 찾기가 어려워지고 있다. 이미 꽉 차버린 도서관은 출간된 책의 극히 일부만을 구비할 뿐이다. 더구나 학교도서관이나 공공도서관의 도서구입 예산은 격감하고 있다.

블로그나 페이스북 등 소셜미디어에서의 책 소개가 매출 신장에 크게 기여한 적이 없지 않다. 그러나 소셜 공간에서는 네이티브 광고(광고를 콘텐츠의 일부로 자연스럽게 인식하게 하는 광고)나 프로그래매틱Programmatic 광고(프로그램을 통해 이용자의 검색 등 빅데이터를 분석해 자동으로 제공하는 광고) 등이 대세가 되고 있다. 이런 새로운 유형의 마케팅 툴은 고도의 능력을 필요로 한다. 이제 책에 대한 정보가 노출되어도 독자의 신뢰를 받기가 어렵다. 그러니 독자는 책을 발견하기가 더욱 어려워졌다. 그야말로 대단히 신뢰하는 이가 매우 합당한 이유로 추천하는 책이 아니면 독자를 설득하기가 어렵다.

더구나 출판사는 마케팅 비용(주로 광고비의 형태로)을 들여야만 대형서점의 판매대에 책을 진열할 수 있다. 온라인서점에도 광고비를 투입하지 않으면 초기 화면에 노출되기가 어렵다. 이런 비용을 투입해보아야 그 효과는 일시적이다. 그래서 책의 수명(사이클 타임)이 급격하게 줄어들고 있다. 심하게 말하면 '생성'과 '소멸'이 동시에 진행되고 있다. 이런 환경에서는 출판사가 자전거 페달을 돌리듯 신간을 펴내지 않으면 안 된다 해서 자전거 조업이란 말이 유행했었다. 하지만 이제는 헬리콥터의 프로펠러나 제트기의 엔진을 돌려도 살아남기가 어렵다.

왜냐고? 책을 읽을 독자가 없기 때문이다. 우선 학령인구(6~21세)가 급격하게 줄어들고 있다. 저출산 고령화가 빠른 속도로 진행되다 보니 나이별로 94만 명까지 치솟았던 출생인구는 이제 40만 명대 초반으로 줄어들었다. 그로 말미암아 교과서와 학습참고서 시장은 이미 반 토막이 났다. 설사 출산율이 획기적으로 늘어나 학령인구가 다시 늘어난다고 해도 이 시장이 커지는 것은 아니다. 앞으로 5년 이내에 적어도 셋 중 한 사람은 학교에 가지 않게 될 것이기 때문이다. 오찬호는 『진격의 대학교』(문학동네, 2015)에서 바람 앞의 등불처럼 흔들리고 있는 한국의 학교 교육에 대해 다음과 같이 말했다.

> 맥도날드가 전 세계의 입맛을 하나로 통일했듯이, '맥도날드 대학'은 대학생들을 하나로 통일했다. 지금 이 순간에도 맥도날드 대학의 가맹점들은 '호모 맥도날드' 양성을 위해 최선을 다하고 있다. 호모 맥도날드는 맥도날드화의 가치를 적극적·능동적으로 수행하는 사람을 말한다. 이들은 효율, 정량, 통제에 길들여져 있다. 이 '호모 맥도날드'를 다른 말로 '별도의 교육이 필요 없는 기업형 인재'라고 한다.

이런 대학을 나온 청년들이 스스로 일자리를 찾아가지 못하는 것은 당연한 일이다. 이공계의 대학생들이 졸업을 하고 교문을 나서는 순간에 대학에서 배운 지식이 모두 무용지물이 되는 세상이다. 그런 세상에서 '암기력' 테스트나 하고 있으니 대학은 망한 지 오래다. 그런 대학에 학생들을 보내기 위한 정거장으로 전락한 중고등학교 또한 존재할 가치를 찾아보기 어렵다.

물론 한국의 교육당국도 대책을 세우고 있다. 무엇을 얼마나 많이 배우느냐가 중요한 것이 아니라 어떻게 모든 정보에 연결할 것인가 하는 '역량'부터 키워야 한다는 것을 알기에 '일제고사'를 포기하는 대신 '자유학기제'를 도입하는 한편 2015년 학기부터 인문소양교육을 강화할 예정이다. 인간이 세상을 살아가는 역량이 객관식 평가만으로는 절대 키워지지 않는다는 것을 절감했기에 고전을 제대로 읽히려는 이런 변화라도 꾀하는 것이지만 아직 현장에서는 구체적인 방법론을 몰라 갈팡질팡하고 있다.

읽고, 쓰고, 토론하기의 중요성
● ● ● ● ●

정희진은 『정희진처럼 읽기』(교양인, 2014)에서 책을 읽는다는 것을 지식의 습득과 배치로 나누어 설명했다. 배치는 달리 말하면 매핑^{mapping}, 즉 지도 그리기다. 새로운 지식이 머릿속에 들어오면 단순하게 암기하는 것이 아니라 기존의 지식과 연결해 새로운 이야기를 만들어서 뇌 안에 저장할 수 있어야 한다. 이는 핵심만 남겨놓고 나머지 지식은 버려야 한다. 정보의 '저장'보다 정보의 '망각'이 중요한 시대다. 이것은 앞으로 개인은 자신이 즉각 동원할 수 있는 것들로 필요한 무엇인가를 만들어내는 지식, 즉 브리콜라주^{bricolage}적인 지식을 갖추지 못하면 경쟁에서 도태될 수밖에 없는 세상의 도래를 뜻한다.

이제 배움의 대세는 '독학'이다. 이미 혼자 전 세계에서 무료로 발신하는 텍스트와 동영상을 보면서 공부할 수 있는 세상이다. 이런 세상에서 외국으로 유학을 가면서까지 스펙을 쌓아야 할 이유는 없다. '8학군'의 학교를 찾아갈 이유 또한 없다. 따라서 앞으로 5년 이내에 적어도 셋 중 한 명은 학교에 가는 일을 포기할 것이다.

이미 학습의 방법론이 바뀌고 있다. '플립러닝flipped learning(거꾸로 학습)'이 대표적이다. 이 학습은 "요약 온라인을 통한 선행학습 뒤 오프라인 강의를 통해 교수와 토론식 강의를 진행하는 '역진행 수업 방식'"이다. "기존 전통적인 수업 방식과는 정반대로, 수업에 앞서 학생들이 교수가 제공한 강연 영상을 미리 학습하고, 강의실에서는 토론이나 과제 풀이를 진행하는 형태의 수업 방식을 말한다. 우리나라의 경우 카이스트KAIST, 울산과기대UNIST, 서울대가 이 방식을 도입해 시행하고 있다. 그러나 플립러닝을 도입한 미국 캘리포니아 소재 일부 대학의 경우 강연은 하버드대학이나 매사추세츠공과대학MIT 교수 수업으로 대체하고 담당 교수는 보조적인 역할만 하는 형태로 운영되는 경우까지 발생하기도 해 교육계에 기회이자 위협이라는 평가도 받고 있다."

어쩌면 학교가 아닌 마을공동체에서 공동 육아와 공동 교육으로 해 나가는 편이 좋을 것이다. 이때는 협업이 필요하다. 마을에 작은 도서관이 필요한 이유이기도 하다. 도서관에서 아이들이 모여서 4~5명씩 조를 짜서 함께 책을 읽고, 토론하며, 글을 쓰는 훈련을 하면 된다. 그러면 평생을 이겨낼 힘을 얻을 수 있을 것이다. 이런 마을 공동체가 전국에 산재하게 만드는 교육혁명이 실제로 도래할 수 있다.

이제 함께 책을 읽고, 쓰고, 토론하는 일이 중요해졌다. 원래 읽기와 쓰기는 연동되어 있었다. 소셜미디어의 등장으로 읽기와 쓰기는 출판과도 연동되기 시작했다. 제5의 미디어라는 블로그에 글을 올리는 일도 출판이다. 미디어학자인 하세가와 하지메는 이런 형태의 출판을 기존의 출판Publishing과 구별하기 위해 '퍼블리킹PUBLICing'으로 부르자고 제안한 바 있다. 나는 이런 세상에 필요할 것으로 판단해 숭례문학당과 함께 『이젠, 함께 읽기다』, 『책으로 다시 살다』, 『서평 글쓰기 특강』, 『은퇴자의 공부법』, 『이젠, 함께 쓰기다』, 『이젠, 함께 걷기다』 등을 펴내면서 2013년부터 고급 독자를 늘리기 위한 운동을 시작했다.

이제 누구나 책을 쓸 수 있는 시대가 되었다. 책은 저자의 인격을 반영한다. 달리 말하면 저자의 포트폴리오다. 제대로 된 포트폴리오를 만든 사람들은 이제 현장에서 뛰는 선수들이 되고 있다. 책이 얼마 팔리지 않더라도 확실하게 형성된 브랜드 이미지를 이용해 강연으로 먹고살 수 있는 사람이 급격하게 늘어나기 시작했다. 오전, 오후, 야간을 뛰는 라이브 선수가 어디 한둘인가? 세상이 그런 사람들을 필요로 한다. 이미 공공도서관에서는 함께 읽고, 쓰고, 토론하는 프로그램을 점점 늘려가고 있다.

크로스 미디어 전략이 필요하다
● ● ● ● ●

앞으로 급격하게 망해가는 대학은 열린 학습공간으로 변모해갈 것이고 그런 공간에서 사람들은 평생 공부하려고 할 것이다. 어쩌면 이런 변화야말로 출판에 새로운 기회를 안겨줄 것이다. 이런 움직임을 잘 활용해 고급한 열혈독자를 키우는 일이야말로 출판이 살 수 있는 가장 확실한 방법이 될 것이다.

　장은수 대표는 앞의 발표에서 "종이책이라는 형태로만 생각하는 출판은 장기적으로 약해질 수밖에 없다"며 "원소스멀티포맷One Source Multi Format, 하나의 콘텐츠를 가지고 책과 연계한 사업 확대 등을 모색해야 한다"고 주장했다.

　달리 말하면 우리는 크로스 혹은 트랜스 미디어 전략을 제대로 세워야 한다. 지금 미디어간의 결합도 가속화되고 있다. 개별 콘텐츠들이 각개약진 하는 것이 아니라 과거, 현재, 그리고 미래에서 영속적으로 생겨나는 콘텐츠를 하나로 보다 효과적으로 활용하는 전략의 중요성이 커졌다. 크로스 미디어 전략은 처음부터 디지털 콘텐츠를 확보한 다음 이를 종이책으로 다시 생산하거나 웹, 모바일, 영상, 게임, 애니메이션 등으로 영역을 넓혀가는 것을 말한다.

　현재까지 확인된 바에 따르면 이 전략에 가장 적합한 장르는 사진, 만화, 소설 등이다. 이런 작품들은 롱테일 상품의 특성이 강해 콘텐츠의 양에 따라 자연스럽게 매출이 증가할 확률이 높다. 크로스 미디어 전략은 이미 콘텐츠 자체만 판매하는 수준이 아니다. 적지 않은 출판사가 모바일 사이트나 웹 사이트를 활용해 다른 업종과의 콜라보레이션을 통해 매출을 늘려가고 있다. 패션잡지에 실린 상품 소개와 통신판매, 잡지에 실린 숙박시설이나 음식점의 소개와 예약, 만화 캐릭터를 활용한 의류·완구·문구 상품의 개발 등은 구체적인 성과를 이루어냈다.

　세계적인 출판사는 너나없이 크로스 미디어 전략을 세우기 시작했다. 하지만 크로스 미디어 전략의 가장 큰 장애물은 저작권이다. 왜? 디지털 공간은 무한복제가 가능해 단숨에 저작권 자체가 사라질 위험이 크기 때문이다. 따라서 콘텐츠의 다양한 2차적 활용을 통해 무한한 가능성을 키워가려면 콘텐츠 저작물 자체의 저작권부터 새롭게 정립되어야 한다.

미래의 책 비즈니스 열쇠를 쥔 것은 휴대전화다. 그 자체가 미디어라 할 수 있는 휴대전화는 하나의 상점이자 판매채널이면서 만남의 공간이기도 하는 등 모든 인간 행동의 출발점이 되고 있다. 지금 휴대전화는 소리만 가능하던 1세대, 문자가 가능해진 2세대, 동영상이 가능해진 3세대, 쇼를 하는 3.5세대 단계를 거쳐 광대역통합네트워크^{BcN=Broadband convergence Network}가 가능해진 4세대에 들어섰다.

지금 우리는 IT 기술과 초고속 정보통신망을 기반으로 사회 전반에 변화가 이루어지고 있으며, 유선·무선과 방송 등 모든 미디어가 통합된 형태로 발전하여 언제 어디서나 어떤 형태의 단말기로도 정보통신망에 연결되는 진정한 유비쿼터스 환경에서 살고 있다. 본격적인 CT^{Contents Technology}시대가 열리고 있다. 1인 미디어가 급격하게 늘어나고, UCC 등 개인의 창조적 활동이 급속히 증가하며, 공급자와 소비자의 융합 현상이 확산되어 능동적 프로슈머가 급증하는 세상에서 편집자는 책을 매개로 해서 모든 미디어를 통합해 사고할 줄 알아야 할 것이다.

하지만 이것만으로는 한계가 있을 것이다. 책을 쓰고, 만들고, 읽고, 유통하고, 소개하는 모든 이들이 책에 대한 정보를 주고받는 플랫폼이 필요하다. 이 플랫폼을 만드는 데 가장 중요한 것은 공공성과 연결성이다. 지금은 어느 때보다 지식이 폭발하고 있다. 인류 역사상 이런 때에는 반드시 디드로(『백과전서』를 편찬해 특권층만 누리던 지식을 일반 시민도 쉽게 접근할 수 있도록 한 18세기 프랑스 철학자) 같은 지식인이 필요하다.

'연결성'을 키우는
소셜 마케팅의 중요성이
강조되다

먼저 출간 일시입니다. 도서정가제 발휘를 앞두고 무분별한 할인 경쟁이 벌어질 경우, 이 책의 가치가 제대로 알려지지 않으리라는 생각에 처음부터 출간 일시를 도서정가제 발휘 시점으로 잡았습니다. 다음으로 '입소문'입니다. 철학과 심리학, 자기계발 요소가 혼합된 『미움받을 용기』는 '내용의 깊이가 있으면서도 대중적 요소가 강한 책'입니다. (중략) 특히 책 출간 전 가제본으로 서평단을 꾸렸는데, 실제 시나리오처럼 제본한 덕분인지 반응이 매우 폭발적이었습니다. 마치 연극을 보는 듯한 느낌으로 재미있게 읽었는데 자꾸 내용이 생각난다는 반응이 지배적이었습니다. 출간 이후에도 통상적인 출판 마케팅 외에 온라인과 모바일 위주로 단계적이고 적극적인 홍보를 진행했습니다.

이상은 2015년 상반기에 줄곧 종합 베스트셀러 선두를 달린 달린 『미움받을 용기』(인플루엔셜, 2014)의 기획자가 "책 출간 시, 특히 신경 쓴 것은 무엇인가요?"라는 질문에 답한 글이다. 〈기획회의〉 388호(2015년 3월 20일 자)의 질문에 대한 이 답변에서 우리는 모든 도서의 가격 할인을 정가 대비 15% 이내로 묶은 새로운 개정 도서정가제가 적용되기 시작한 2014년 11월 21일 이전과 이후의 마케팅 환경이 확연하게 달라졌음을 확인할 수 있다.

사실 11월 21일 이전에 정가의 90%까지 할인해서 판매하는 '광폭 할인'이 득세한 것에서 알 수 있듯이 개정되기 전에는 구간 도서의 무한 할인이 가능했다. 그로 말미암아 독자들이 책 가격에 엄청난 거품이 있는 것처럼 사태를 호도하게 만들어 책값에 대한 사회적 신뢰도를 크게 떨어트렸다. '가격 경쟁'이 심각하게 전개되는 현실에서는 책의 '가치 경쟁'이란 불가능했다. 시행령 미비라는 아쉬운 점이 없지 않지만 개정 도서정가제가 시행된 다음부터는 어느 정도의 가치 경쟁이 가능해졌다. 그러니 인플루엔셜처럼 의욕을 보이는 신생 출판사가 늘어나고 있다.

미디어셀러의 득세
● ● ● ● ●

2014년 출판시장에서는 전통적인 강자들이 몰락하기 시작했다. 매출 상위의 단행본 출판사들의 주요 경영진이 교체되는 일이 발생한 데다가 그 출판사들의 적자가 심화되었다는 공시자료가 드러나 출판 상황이 만만치 않다는 우려가 쏟아졌지만 새로운 룰이 적용되면서 신흥 강자들이 급부상하기 시작했다. 상위 출판사들의 매출이 급전직하로 추락한 빈틈을 신생 출판사들이 새로운 마케팅으로 메우기 시작하면서 세대교체가 급격하게 이루어지는 것이 아니냐는 우려와 기대가 동시에 드러났다.

구간 할인으로 신간이 베스트셀러에 진입하기 어려운 구조에서는 책 혹은 저자의 인지도가 높은 책이 유리했다. 출판사들은 유명 저자의 책이나 고액의 선인세를 지불해야 하는 외서 확보에 열을 올렸다. 그런 책이어야 소셜미디어를 활용해 입소문을 내기가 쉬웠다. 같은 이유로 '미디어셀러'를 확보할 필요가 있었다. 2014년 종합 베스트셀러 1~3위가 모두 미디어셀러였다. 영화가 흥행에 실패했음에도 종합 1위에 오른 요나스 요나손 장편소설 『창문 넘어 도망친 100세 노인』(열린책들, 2013), 인턴과 직장인의 애환을 그린 윤태호의 웹툰 『미생』(위즈덤하우스), 드라마 〈별에서 온 그대〉에 PPL처럼 등장한 『에드워드 툴레인의 신기한 여행』(비룡소, 2009) 등이다. 또한 디즈니 애니메이션 〈겨울왕국〉 열풍이 불면서 스티커북, 스토리북, 컬러링북, 악보집, 회화책 등 다양한 출판물들도 쏟아져 나왔다.

미디어셀러가 득세한 반면 한국소설의 판매 성적은 처참했다. 교보문고 2014년 베스트셀러 50위권에 든 한국소설은 조정래의 『정글만리』(해냄, 2013)와 김애란의 『두근두근 내 인생』(창비, 2011) 두 권뿐이었다. 2013년에 돌풍을 일으켰던 『정글만리』는 2014년에만 60만 부가 팔리며 10위에 올랐지만 『두근두근 내 인생』(42위)은 저조한 영화 성적 때문에 10만 부를 겨우 넘겼다. 2014년에 출간된 한국 소설로는 성석제의 『투명인간』(창비, 2014)이 기록한 5만 부가 최고 성적이다. 여러 매체에서 2014년 말에 '올해의 소설'로 뽑은 한강의 『소년이 온다』(창비)마저 3만 부를 겨우 넘긴 것은 충격이었다.

이 사실에서 우리가 유추할 수 있는 것은 독자가 책을 선택하는 흐름이 변했다는 점이다. 독자가 책을 선택하는 '인터페이스'부터가 달라지고 있다. 영어로 '접촉면', '경계면'이라는 뜻의 인터페이스는 최근에는 "프로그램이 데이터를 취급하는 순서나 형식, 또는 컴퓨터가 사람에 대해 정보를 표시하는 방식, 혹은 반대로 사람이 컴퓨터에 정보를 입력하는 방식 등을 가리키는 등 넓은 의미로 사용"(우치누마 신타로, 『책의 역습』, 2016)되고 있다. 따라서 이제 콘텐츠가 사람에게 어떤 식으로 표시되어 제공되는가, 혹은 사람이 거기에 어떤 식으로 관련되는가와 같이 콘텐츠와 사람 사이를 연결하는 방식이 매우 중요해졌다.

언제 어디서나 모든 정보에 접근할 수 있는 유비쿼터스 환경이 일반화되면서 영상미디어로 폭발적인 반응을 얻어내기만 하면 관련 상품은 검색에서 자주 노출될 수밖에 없다. 드라마 방영을 계기로 인터넷과 사회관계망서비스(SNS)에 각종 어록이 뒤덮는 바람에 폭발적인 인기를 끌며 200만 부를 돌파한 『미생』이 대표적인 예다. 재미있는 영화를 본 사람이 원작도서, OST 음반, 캐릭터 상품 등을 사는 일이 일반화되고 있으니 출판사들이 '트랜스 미디어 콘텐츠' 발굴에 열을 올리는 것은 살아남기 위해 불가피한 일이 되고 있다.

연결성을 확보한 소셜 마케팅이 필요하다

● ● ● ● ●

미디어셀러의 득세에서 보듯 출판마케팅에서 '연결성'은 중요한 화두가 되고 있다. 나는 2013년 3월에 출간된 『한국의 출판기획자』의 서문에서 "미래는 '편집적 사고'를 지닌 사람이 주도하는 세상이 될 것"이라며 출판기획자는 편집뿐만 아니라 비즈니스의 마인드를 갖출 필요가 있다고 지적했다. 즉 에디터editor이면서 퍼블리셔publisher(출판사 대표)가 되어야 한다고 말이다. 나는 이를 '퍼블리터publitor'라 부를 것을 제안했는데 앞으로 '1인 출판'으로 세상을 놀라게 하는 퍼블리터들이 속속 등장할 것이다. 새로운 조어까지 만들며 이렇게 설명한 것은 편집자가 저자와 독자를 직접 연결하는 일의 중요성을 애써 강조하기 위함이었다.

실제로 2014년 이후 출판 시장에서는 '연결성'이 매우 강조되고 있다. 오늘날 콘텐츠의 소비는 대부분 웹과 모바일에서 이루어지고 있다. 사람들은 스마트폰으로 사람들과 소통하고, 콘텐츠를 생산하거나 소비한다. 이런 세상에서 지식정보산업의 선두인 출판이야말로 이런 환경 변화에 발 빠르게 적응해야만 한다. 변화된 환경에 맞는 콘텐츠 기획과 마케팅 방법을 찾아내야 하는 것은 기본이고, 책을 어떻게 팔 것이냐를 고민하기 이전에 독자를 어떻게 만날 것인가부터 고민해야 한다. 또한 발 빠르게 콘텐츠를 생산할 수 있는 저자와의 연결구조도 상시적으로 갖춰야만 한다. 따라서 편집자는 자신이 만든 책의 장점이 무엇인지 파악하고, 기술적으로 더 쉽게 콘텐츠를 이용할 수 있도록 고민할 줄 알아야 한다.

연결성을 확보한 사람이어야 '소셜 마케팅'을 제대로 할 수 있다. 과거의 출판 마케팅은 올드미디어를 활용한 광고, 홍보, 이벤트, 프로모션 등에 주력했지만, '제2의 IT 혁명'이라 불리는 모바일 혁명의 시대에 등장한 소셜미디어는 출판사가 독자와 어떻게 만나고 소통할 것인가를 고민하게 만들었다. 당연히 출판마케팅에서도 '책의 발견성'이 중요한 키워드로 떠올랐다. 출판편집자가 책을 잘 만드는 일도 중요하지만 모바일 환경에서 독자가 어떻게 책을 발견하게 만드는가도 중요한 과제로 떠올랐다. 다가오는 웹 3.0의 시대에는 정확한 데이터를 기반으로 한 추천 알고리즘 기능이 더욱 강화될 것으로 예측된다.

독자가 달라지고 있다
●●●●●

2014년 내내 팟캐스트에서의 책 소개 중요성이 고조되다가 출간된 『지적 대화를 위한 넓고 얕은 지식』(채사장, 한빛비즈, 2015)은 '팟북'(팟캐스트를 책으로 옮겨놓은 것)의 중요성을 일깨워주었다. 제목을 제외하고는 검색할 것이 별로 없고, 친구가 소곤소곤 이야기해주는 것 같아 암기할 필요가 없으며, 이야기가 서로 연결되어 있고, 인간이 알아야 할 기본적인 지식을 모두 나를 위해 압축해놓은 것 같은 느낌을 주는 이 책의 저자는 팟캐스트로 상당한 팬을 이미 확보하고 있었다. 그 힘으로 책을 펴낸 초반에 종합 10위권까지 치고 올라갔다. 이 사실을 언론에서 보도하니 곧바로 베스트셀러 2위 자리를 확보해서 장기간 유지했다.

이 책은 말이 글이 되는 신구어 시대에 텍스트가 어떻게 변해야 하는가에 대한 한 전범이 되고 있다. 참고문헌을 인용하여 글을 쓴 것이 아니라 육화시켜 머릿속에 든 지식을 이야기하듯 줄줄 풀어낸 글이기에 소프트 인문서도 이제 진화하고 있음을 실증했다. 지금 젊은 세대는 스마트폰 하나로 모든 일을 해결한다. 미래를 장담할 수 없어 불안해하는 이들 스마트폰 세대는 무엇이든 닥치는 대로 읽고 있으며 직접 통화하는 것보다 문자로 대화하는 것을 즐긴다. 그들이 쓰는 문자의 양도 엄청나다. 이러한 세대에게 '팟북'이 인기 있다는 것은 이들이 지금 발 디디고 서 있는 세상에 관심을 가지기 시작했다는 의미일 것이다. '팟북'의 득세는 책이 텍스트부터 달라져야 함을 일깨워주는 한편 독자의 성향이 크게 달라지고 있음을 보여주었다.

1인 출판사가
큰일을 낼 수 있는
시대

미디어창비는 2016년 3월 초에 칼데콧 대상 수상작인 『위니를 찾아서』를 펴냈다. 린지 매틱이 글을 쓰고 소피 블래콜이 그림을 그린 이 책에 대해 칼데콧상 선정위원회는 "한 군인과 곰돌이 푸가 만들어지도록 영감을 준 실존했던 곰 사이의 우정과 사랑을 그린 훌륭한 이야기다. 그린이 소피 블래콜은 다차원적인 가족 이야기를 먹물과 수채화 기법을 통해 아름답게 이야기한다. 그리고 아이들의 눈높이에 딱 맞춘 역사적인 사실까지 그려내고 있다"고 평가했다.

그리고 이 책은 뒷부분에 영어 원서 판면을 줄인 전문이 실려 있을 뿐만 아니라 한국어, 영어, 한국어·영어 오디오북을 휴대전화를 이용해 들을 수 있는 '더책' 기능이 탑재되어 있다. 아이들은 그림책을 수없이 반복해서 읽는다. 따라서 아이가 이 책을 한글과 영어로 읽거나 듣다 보면 그림책의 장점을 온전히 흡수할 뿐만 아니라 영어도 자연스럽게 익힐 수 있다. 이런 일이 가능한 것은 디지털 기술 때문이다. 미디어창비는 2012년부터 자사와 타사가 펴낸 그림책에 오디오북 기능을 탑재해 학교와 도서관에 공급해왔다. 이렇게 B2B의 영업만 해오다가 고객(독자)에게 B2C로 직접 판매하는 책은 『위니를 찾아서』가 처음이다.

세상의 모든 아날로그를 디지털로 연결하라
● ● ● ● ●

『남미숙의 중국어 쉽게 끝내기』(에스티앤북스)에는 수많은 점이 보이지 않게 찍혀 있는 '패턴 인쇄'가 추가되어 있다. 컬러 책이라면 1도의 인쇄만 추가하면 된다. 수학적 알고리즘을 이용해 좌표를 알려주는 패턴 인쇄는 독자가 '북펜'으로 책 속의 단어를 찍으면 휴대전화로 성우가 읽어주는 음성이 나오거나 사전으로 바로 연결되는 방식의 프로세스다. 앞으로 이런 기능을 이용하면 영상이나 노래 등 모든 콘텐츠와 손쉽게 연결할 수 있다. 패턴 인쇄는 불법 복제가 불가능하므로 불법 복사에 시달려온 대학교재 같은 경우에는 도입해볼 만한 출판 형태다.

다음은 출판평론가 장은수가 자신의 블로그에 올린 세계 최대의 전자책 콘퍼런스인 디지털북월드에서 소스북스의 최고경영자 도미니크 락카가 발표한 「사업을 종이책으로 전환하라!」에서 인용한 글이다.

소스북스는 지난 몇 해 동안 종이책 출판에 디지털 기술을 도입해서 대단한 성공을 거둔 출판사다. 이 회사는 규모는 작지만 책과 독자의 상호작용에 대한 깊은 고민에 근거해서 여러 가지 혁신적 실험을 계속해왔는데, 특히 어린이 한 사람, 한 사람의 이름을 기입한 책을 유일본으로 제작해서 배달하는 서비스인 '저를 이야기에 넣어주세요'로 돌풍을 일으켰다. 개인 맞춤형 출판은 독자 만족도가 높을 뿐 아니라 제작 최적화도 이룰 수 있기 때문에 출판산업의 미래 먹을거리 중 하나로 예측되어 왔는데, 소스북스에서 첨단 기술을 도입해 이를 사업적으로 실현한 것이다.

도미니크 락카는 "오늘날 우리 산업의 가장 놀라운 전환은 '종이책의 지속성'을 확인한 데 있다. (특히 아동 및 청소년 시장에서) 미국 청소년의 90%는 여전히 종이책을 읽고 있으며, 40%는 오로지 종이책만을 읽는다. 2010년부터 2015년까지 미국의 아동·청소년 시장은 25% 성장했으며, 소매 서점 공간도 점점 커지고 있다. 이 시장의 지속적 성장은 아동 청소년 출판사에게 새로운 영역으로 확장할 수 있는 모멘텀을 제공한다"고 말하면서 "종이책은 하나의 사회적 주장이자 관점이며, 한 사람이 자신을 표현하는 방식"이라고 주장했다.

소스북스는 "디지털 기술을 이용하여 개인화 서비스를 제공함으로써 독자가 종이책을 통해 '자신을 표현하는 방식'을 훌륭하게 돕는" 모델로 매출이 크게 늘었고, 세상의 모든 아날로그를 디지털로 연결하려는 시도가 크게 늘어나기 시작했다. 이제 종이책이 플랫폼이 되거나 인터페이스가 되고 있고, 한 권의 책이 바로 미디어가 되는 세상이 올 것이다. 또 책으로 독자와 저자가 소통하며 내용을 완성해가는 일마저 가능해질 것이다. 물론 하이퍼링크는 온라인에서 이루어지는 것이 훨씬 편리하다. 그러나 온라인 매체의 소유권은 아마존이나 구글 같은 대형 유통업체가 가지고 있어서 개인이 만든 상품은 이들 유통업체의 거대한 '압박'을 이겨내야만 한다. 하지만 개인은 그럴 수 있는 힘이 없다. 따라서 그들은 조금 불편하더라도 휴대전화와 같은 디지털 기기를 활용해 종이책의 가능성을 열어가기 시작한 것이다.

혼자 성장을 구가하면서 협력업체들을 잡아먹는 포식형 플랫폼인 아마존이 영업을 시작한 것은 1995년 5월이다. 지난 22년 동안 아마존과 거래한 출판사들은 출고가 인하 등 무수한 압박을 받았고, 그 압박을 이기기 위해 합병을 통해 규모를 키워왔다. 장은수는『출판의 미래』(오르트, 2016)에서 "종이책을 파는 컨테이너 비즈니스에서 정보와 지식을 파는 콘텐츠 비즈니스로 이행하는" 10가지 트렌드를 제시했다. 그 첫 번째가 '슈퍼자이언트의 시대'다.

독일 미디어그룹 베르텔스만의 출판사업부인 랜덤하우스와 영국 피어슨 그룹의 펭귄이 합병해 펭귄랜덤하우스가 된 것은 2012년이다. 두 회사의 매출을 합하면 세계 출판 매출의 25%에 육박했다. 전세계 출판사 중 1위와 2위로 꼽히는 두 회사가 이렇게 결합할 것이라고 누가 상상이나 했겠는가? 하지만 두 기업은 아마존이라는 유통업체의 지배에 대응하기 위해 몸집을 키우기 시작했고 다른 대형 출판사들도 이에 대응해 연달아 몸집을 키우고 있다. 그러나 국내 출판사들은 여전히 골목대장에 불과하다. 과거에는 골목대장이 되는 것만으로도 충분했지만 이제 우리도 '슈퍼자이언트'에 대응해야 한다. 하지만 현실적으로 출판사가 규모를 키우기는 쉽지 않다.

출판사가 규모를 키우기 쉽지 않은 이유

● ● ● ● ●

첫째, 신인 저자를 유명 저자(작가)로 키워가는 '엘리트 출판' 시스템이 붕괴되었다. 우리 문학시장은 2010년대 초반까지 몇몇 베스트셀러 작가에 의지해 겨우 지탱했다. 문학시장이 CPND(콘텐츠, 플랫폼, 네트워크, 디바이스)의 생산구조로 급격하게 빨려들어 가면서 엘리트 작가를 키우기가 무척 어려워졌기 때문이다. 웹툰이나 웹소설 시장의 규모가 가파르게 성장하고 있는 반면, 본격(순수)문학은 존재감을 찾아보기 어려울 정도로 쇠락하고 있다. 이런 흐름은 인문서와 교양서라고 다르지 않다. 과거에는 몇만 부, 혹은 몇천 부가 보장되는 인문(교양) 저자가 존재했지만 이제 그런 저자들마저 급격하게 사라지고 있다.

둘째, 스테디셀러의 격감이다. 출판사가 기를 쓰고 베스트셀러를 만들려는 것은 사실 꾸준히 팔리는 스테디셀러를 확보하기 위함이다. 과거에 중견 출판사들은 꾸준히 팔리는 스테디셀러로 확보한 자금으로 베스트셀러를 만들어 미래를 대비했다. 그러나 온라인서점의 협잡에 놀아나 무한 할인경쟁을 벌이는 탓에 스테디셀러가 거의 실종되었다. 게다가 이제 신간을 띄우는 일 자체가 어려워졌다. 그래서 많은 출판사가 신간 종수를 줄이면서 버티기에 나섰다. 그러나 모방출판을 일삼는 출판업자들이 저가의 저질 상품으로 이런 틈새 시장을 흔드는 바람에 독자들의 신뢰를 크게 잃고 있다.

셋째, '수석' 같은 외서 확보가 어려워졌다. 과거에는 경력 있는 편집자들이 독립해 '아마존' 강가에서 '수석'을 찾듯이 외서 하나만 잘 찾으면 좋은 성과를 기대할 수 있었다. 그러나 과도한 선인세 경쟁이 벌어지면서 아무리 좋은 수석을 찾아놓아도 에이전트 회사들이 베스트 오퍼 경쟁을 벌이게 하는 탓에 선인세가 천정부지로 뛰어올랐다. 그런 선인세로 이익을 낼 수 없으니 수많은 편집자가 아예 손을 놓아버리는 일마저 벌어지고 있다.

우리 출판이 유통에 과도하게 종속되는 바람에 규모가 작은 출판사는 독자에게 책을 노출시키기가 어려워졌다. 언론의 소개 지면이 줄어드는 탓에 홍보 또한 어려워졌고, 세상이 급변하니 책의 사이클 타임도 급격하게 축소되고 있다. 글로벌시장의 도래로 슈퍼자이언트는 호시탐탐 한국시장도 노린다. 이미 외국의 대형 출판사들은 세계를 하나의 상권으로 상정하고 직접 연결하고 있다.

고단샤의 노마 요시노부 사장은 2015년 결산회에서 "디지털이든 종이든 콘텐츠가 생산되는 장소는 같다. 그것을 보여주는 방법이 종이거나 디지털이거나 애니메이션인 것뿐이다. 일본에 한정되지 않고 전 세계 독자에게 콘텐츠를 전해, 고객에 대해 전달 방식의 다양화로 대응을 모색해가고자 한다. 출판계는 어려운 상황이 계속되고 있고, 예측을 불허하지만 세계 속 많은 사람의 마음을 움직일 수 있는 보편적인 엔터테인먼트 콘텐츠를 만들어 사람들에게 전달하는 구조를 '재발명'해가고 싶다"고 말했다. 이제 세계의 대형 출판사들은 이렇게 블록버스터 상품을 만들어 새로운 가능성을 열어갈 것이다.

그렇다면 기획력의 부재, 장기적인 안목 실종, 트렌드 해독 불가, 팀의 붕괴와 같은 문제를 앓고 있는 한국 출판은 희망이 없을까? 제이슨 엡스타인은 『북 비즈니스』(미래사, 2001)에서 출판사는 디지털 기술로 말미암아 "이전과 같은 가내공업의 장인과 같은 업무로 회귀할 수 있게 될 것"이며, 미래의 책은 "대형 출판사에 의해 만들어지는 것이 아니라 편집자 또는 출판인으로 구성된 소규모 팀에 의해 만들어지게 될 것"이므로 우리는 현재 "출판의 새로운 황금기의 입구"에 서 있다고 말했다. 어쩌면 그가 말한 시대가 다시 돌아온 것은 아닐까. 20세기 말부터 우리는 종이책의 종말론에 시달려왔다. 그러나 지금까지 확인된 것은 종이책과 전자책이 공존할 것이라는 사실 자체는 한 번도 흔들리지 않았다는 점이다. 오히려 편집자들은 종이책이 중심이되 종이책에 디지털 감성을 입히는 것에서 새로운 가능성을 찾아가고 있다.

O2O는 원래 'Online to Offline'을 의미했다. 소비자가 스마트폰 등의 온라인으로 상품이나 서비스를 주문하면 생산자는 오프라인으로 이를 제공해왔다. 정보통신기술과 근거리 통신기술의 발달로 음식을 배달하거나 택시를 부르거나 숙박업소를 예약하는 일과

같은 비즈니스는 앱(어플리케이션) 하나로 얼마든지 규모를 키울 수 있다. 그러나 편집자들은 역 O2O, 즉 'Offline to Online'으로 새로운 가능성을 열어야 한다. 종이책에다 디지털 기술을 이용한 새로운 부가가치를 제공함으로써 얼마든지 가능성을 열어갈 수 있다. 이미 애플리케이션과 액세서리를 결합한 '앱세서리'가 대세가 되고 있다. 앱을 통해 기능이 날로 확장되는 스마트폰과 연결해 사용할 수 있는 스마트 워치와 고글형 VR 기기 등 앱세서리 상품이 속속 등장하고 있다. 사물인터넷이 대세인 시대에 책이라고 그런 일이 불가능하란 법이 있는가. 우리 모두 책이라는 사물에 인간의 두뇌를 심어서 새로운 가능성을 열어보자.

단문의 시대와
재미라는
지상 과제

한 발짝을 걸었다. 한 발짝만큼 연우가 멀어졌다. 두 발짝을 걸었다.
두 발짝만큼 연우가 멀어졌다. 훤이 걸으면 걸을수록 연우와 점점 멀
어져 갔다. 많은 것을 바라지 않았다. 고작 얼굴 한 번 보고 싶었을
뿐인데 그조차 이루지 못하고 멀어져 갔다.

　한때 장안의 지가를 높였던 정은궐의 『해를 품은 달』(파란미디어,
2011)에 나오는 글이다. 단문으로 그리워하는 감정을 이처럼 애절
하게 그리기란 쉽지 않을 것이다. 인터넷소설이 유행한 이후 소설의
문장은 이렇게 단문으로 도배되기 시작했다. 웹소설은 어떨까. 두말
할 필요가 있을까. 독자들이 스마트폰으로 글을 읽는 이상 이런 유
형의 글이 아니면 앞으로 읽어내기가 만만찮다.

다루기는 돈이 제일 편하고 쉽다. 대신 돈으로 대학은 타락한다. 대학은 국가 교육의 최상위 교육단위다. 그런데 정작 근본적 구조개혁은 외면한다. 전임교수 강의 비율을 높이라고 한다. 옳은 일이다. 그러려면 교수 수를 늘려야 한다. 하지만 그건 돈 드는 일이니 생각도 않는다. 대신 강사들이 맡았던 수업들을 상당 부분 전임교수들이 맡는다. 알량한 수입에 목매달던 강사들은 실업 신세. 시니어 교수들이 21시간 넘게 강의도 한다. 전임교수가 맡는 수업비율은 높아지지만 내용은 엉망이다. 강사들이 맡던 수업보다 못하다. 눈 가리고 아웅이다.

위의 글은 김경집 인문학자의 칼럼 「동물농장의 경고」(〈경향신문〉 2016년 7월 22일 자)의 도입부다. 짧은 문장으로 이야기를 빠르게 이어가고 있다. 글을 읽는 사람들은 가쁜 호흡에 상황이 매우 심각함을 저절로 느낄 수 있다. 역시 스마트폰으로 신문 기사를 읽어내는 사람들을 배려한 글이라는 느낌이다.

시간성, 장소성, 신체성이 책을 지배한다
● ● ● ● ●

'검색형 독서'가 일반화되고 손가락으로 누르며 글을 쓰는 시대이다 보니 텍스트가 달라지고 있다. 이른바 스낵 컬처의 시대다. 스낵 컬처란 '시간과 장소에 구애받지 않고 즐길 수 있는 스낵처럼, 출퇴근 시간이나 점심시간 등에 10~15분 내외로 간편하게 문화생활을 즐기는 라이프스타일 또는 문화 트렌드'를 말한다. 콘텐츠로만 한정하면 '마이크로 콘텐츠'의 시대다. 무엇이든 짧아야 산다. 15분의 동영상 유튜브가 인기를 끌더니, 이어서 15초의 인스타그램과 6초의 바인이 등장했다. 짧은 문장이나 영상, 혹은 음성을 통해 압축적으로 메시지를 전달하는 능력이 중시되는 이런 흐름은 이미 오래되었다. 다음은 내가 2013년의 출판시장을 정리한 글에서 발췌한 내용이다.

> 팔린 소설들의 면면에서 우리 독자들은 소설을 '문체'로서가 아니라 '이야기'로 읽기 시작했다는 것을 알 수 있다. IMF 외환 위기 이후 16년째 계속되고 있는 경제 위기를 버텨낼 사람이 있을까. 상위 1%를 제외하고는 갈수록 추락하는 대중이 겪는 고통은 상상을 초월한다. 특히 그 어떤 세대보다 인내해가며 스펙을 쌓았지만 '88만원 세대'라는 가혹한 문패를 선사받았을 뿐만 아니라 대다수가 저임금의 비정규직 노동자로 전락했던 30대를 바라보는 마음은 참혹하다. 아무런 노후 대책 없이 세상으로부터 밀려나고 있는 그들의 부모세대나 바로 위 선배들의 비참함을 보면서 모든 꿈을 포기해버린 청소년 모두가 '멘붕(멘탈 붕괴)'에 빠져 쉽게 헤어나지 못하고 있다. 그들을 위로하는 것이 '짧은 에피소드' 같은 이야기였다.

이 해에 인기를 끈 우리 소설은 만리장성의 나라인 중국을 무대로 무역 전쟁을 벌이는 젊은이들의 정글 같은 삶을 빠른 호흡의 글로 그린 조정래의 『정글만리』와 인구 29만 명의 화양시가 불과 28일 만에 피폐화되는 과정을 접속사 하나 없이 빠르게 반복되는 짧은 문장으로 그려낸 정유정의 『28』(은행나무, 2013)이었다.

한편 2016년 8월에는 조정래의 『풀꽃도 꽃이다』(해냄, 2016)가 종합 베스트셀러 1위를 차지했는데, 이 소설은 전통적인 소설과는 차이가 있다. 주인공은 처음에 나오다가 갑자기 사라지고 마지막에 가서야 다시 나온다. 과거 소설의 유기적인 구성과는 거리가 멀다. 여러 독립된 이야기가 '교육'이라는 하나의 주제로 연결된 연작 형태의 소설로 볼 수 있다. 거의 피카레스크식 구성이다. 독립된 이야기마다 수많은 짧은 일화가 액자처럼 등장한다.

나는 2012년에 출간된 졸저 『새로운 책의 시대』(한국출판마케팅연구소)의 머리말에서 전자텍스트는 시간성, 장소성, 신체성이 중요하다고 말했다. 먼저 시간성. "인간이 액정화면을 통해 정보를 제대로 소화해내려면 시간적 제약이 따른다. 따라서 전자텍스트는 10분 이내, 적어도 30분 이내의 짧은 시간에 소화할 수 있어야 한다. 압축한 정보로 완결성을 갖는 작은 이야기를 연결해 전체적으로는 큰 이야기가 되는 책이어야 할 것이다. 〈개그콘서트〉의 구성을 닮은 책이되 하나의 실로 꿸 수 있는 이야기면 좋을 것이다."

둘째 장소성. "종이책에서는 '글맛'이 좋아야 한다. 그러나 전자공간에서는 이미지가 더욱 중요하다. 따라서 문주화종文主畵從이 아니라 화주문종畵主文從이 되어야 한다. 형식이 좋아야 내용도 힘을 발한다. 준비된 이미지가 없다면 디지털 기술을 이용한 다큐멘터리 일러스트레이션으로 이미지를 얼마든지 만들어낼 수 있어야 한다."

셋째 신체성. "전자공간에서 통하는 콘텐츠는 인간의 머리(뇌)를 움직이는 이성적인 글보다 몸과 마음을 움직이는 감성적인 글이다. 종이책은 수없이 반복해서 읽어도 그때마다 새로운 의미를 깨칠 수 있는 책이 시공을 뛰어넘어 살아남았지만, 전자공간의 콘텐츠는 임팩트가 강한 이미지가 선도하고 부담 없이 '바라볼 수 있는' 글쓰기가 따라온, 하지만 한순간에 '바로 이것'이라는 '느낌'이 오도록 디자인된 것이어야 한다." 트위터의 '한 줄 어록'과 페이스북의 사진을 동반한 '짧은 이야기'가 대세인 시대다 보니 이런 흐름은 전방위에서 확인된다. 심지어 10대를 겨냥한 종이책들에서도 이런 흐름이 대세가 되었다는 것을 확인할 수 있었다.

무조건 '기승전재미'
● ● ● ● ●

앤디 그리피스의 『65층 나무 집』(시공주니어)을 보자. 이야기는 빠르게 진행된다. 한 페이지에 담긴 글은 매우 짧다. "안녕! 나는 앤디라고 해."(7쪽), "얘는 내 친구 테리."(8쪽), "우리는 나무에서 살아."(9쪽) "내가 말한 '나무'는 '나무 집'이란 뜻이야. 나무 집은 시시한 구닥다리 집이 아니야. 무려 65층 나무집이란 말씀!(얼마 전까지는 52층이었는데, 13층을 더 올려서 65층이 되었지)"(10쪽), "뭘 망설이고 있지? 올라와"(11쪽). 물론 모든 페이지에는 만화적인 그림이 들어 있다. '65층 나무 집'에는 애완동물 미용실, 생일 축하 파티 방,

인간 복제기, TNN 나무 집 뉴스 방송국, 막대 사탕 가게, 뭐든지 투명해지는 방, 개미 아파트 등 아이들이 즐길 공간이 넘쳐난다. 어김없이 대단한 사건이 터지고 사건을 해결하기 위해 과거로 시간여행도 간다. 현실과 환상을 넘나드는 짜릿한 모험이 넘쳐난다.

'나무 집' 시리즈는 13층부터 시작해 26층, 39층, 52층, 65층을 거쳐 78층까지 왔다. 이어서 91층도 나온다고 한다. 판타지 소설도 아니고 만화도 아니다. 일기체의 동화도 아니다. 새로운 발상의 전혀 다른 장르다. 재미와 교양을 겸비하되 스릴과 서스펜스는 양념으로 가미했다. 교훈이 없지 않지만 그게 잔소리나 설교처럼 들리지 않는다. 한때 우리 출판시장을 휩쓸었던 '학습만화'처럼 학습을 강조하는 것도 아니다.

이에 비하면 시니컬한 중학생 그레그의 일상을 개성 있는 흑백 일러스트와 재치 넘치는 문장으로 그려낸 일기인 제프 키니의 '윔피키드' 시리즈(아이세움)는 텍스트의 양이 좀 많은 편이지만 남의 생활을 엿보는 재미가 있다. 저학년 아이들이 가장 힘들어하는 것 중의 하나가 일기 숙제다. 그런 것을 감안해 자기가 직접 만드는 책도 있다. 처음에는 웹에 연재했다가 책으로 나왔고 이어서 영화로 이어졌다. DVD도 있다.

시공주니어의 '456북클럽' 시리즈에 포함된 스테판 파스티스의 『명탐정 티미』(시공주니어)나 케이트 클리스의 『43번지 유령 저택』(시공주니어)도 비슷한 유형의 책이다. 영미권에서는 이런 책들이 거대한 흐름을 이룬다고 볼 수 있는데 아이들마저 벌써 호흡이 짧은 글에 깊게 빠져 있다는 것을 확인할 수 있다. 이런 아이들이 자라면 어떻게 될까? 두말할 필요가 있을까. 일본의 전자책은 만화가 이미 70% 이상 차지한다. 그다음으로 많은 휴대전화소설도 뺄 수 있는 것은 거의 모두 뺀 텍스트다. 이러니 짧은 텍스트와 상상력을 자극하는 이미지의 결합은 대세라고 할 수 있다. 어쩌면 이런 흐름이 거의 모든 분야의 책으로 확산되어 갈 것이다.

진중권은 『테크노 인문학의 구상』(창비, 2016)에서 "요즘은 긴 글을 올리면 욕을 먹습니다. 그 밑에는 대개 이런 댓글이 붙죠. '윽, 스크롤 압박!' '누가 세 줄로 요약 좀 해줘요.' '참 좋은 글입니다. 물론 읽지 않았습니다만.'"이라는 세태를 알려주면서 우리의 '역사적' 의식과 구별되는 젊은 세대의 '서사적 의식'에 대해 다음과 같이 정리하고 있다.

우리에게 '히스토리history'인 것이 젊은 세대에게는 '스토리story'인 겁니다. '역사'에서는 참·거짓을 따지는 게 중요합니다. 그래서 '역사왜곡'을 그토록 경계하는 거죠. 반면 '이야기'에서 참·거짓은 중요한 게 아닙니다. 과거에는 거짓말하는 자를 나쁜 놈이라 불렀죠. 요즘 나쁜 놈은 거짓말하는 자가 아닙니다. 오늘날 죄인은 거짓말하는 사람이 아니라 지루한 사람입니다. 다른 건 다 용서해도 지루한 것만은 용서 못 한다는 거죠. 설사 거짓말이라도 재미만 있으면 된다는 겁니다. 참이냐 거짓이냐의 구도가 재미있냐 지루하냐의 구도로 변해버린 겁니다.

"손끝만 움직이면 흘러간 과거를 되돌려서 무엇이든 다시 볼 수 있는 세상"에서 "현대의 외과의사가 조선시대로 들어가는 황당한 설정도 별 거부감 없이 받아들이는" 것은 당연하다. 현실과 환상의 경계는 해체된 지 오래고 객관화된 지식을 알려주는 책들은 대체로 독자들이 외면한다. "한마디로 역사의 기술記述은 스토리의 텔링으로, 역사의 교훈은 서사의 재미로 치환"되는 일이 일상적이다. 이제 모든 책은 무조건 '기승전재미'가 되어야 할 것 같다. 글과 이미지가 상보적으로 결합해 안겨주는 재미 말이다. 책을 펴내놓고 '진지충'으로 몰리거나 범죄자 취급을 받지 않으려면 무조건 재미있게 쓰고 만들어야 한다.

전자책이
진짜가 되는
3가지 조건

한국출판문화산업진흥원 2대 이기성 원장이 전자책 전문가로 자신을 자리매김하는 것을 즐긴다는 소리가 들린다. 한국전자출판연구원 원장, 사이버출판대학 학장, 한국전자출판학회 회장 등을 지낸 이력을 십분 활용하는 듯한 인상이다. 취임 100일을 기념해 기자들과 만난 자리에서도 다른 이야기는 간부들에게 맡기고 있다가 전자책 이야기만 나오면 혼자 열을 올리며 떠들었단다. 내게 이런 소식을 전달하는 이들은 한결같이 걱정된다는 반응이다. 어쩌다 이런 사태에 이르렀는지 모르겠다. 언론에서 보도한 대로 "전자책화할 수 있는 콘텐츠가 많아서 시기가 오면 순식간에 전자책으로 전환될 것"이라는 의견을 가진 이라면 아직도 전자책에 대해서는 상황 인식이 많이 부족한 것이 아닌지 심히 우려된다.

e-북이 아니라 e-콘텐츠다

· · · · ·

나는 2000년에 〈e-북은 없다〉라는 글을 발표해서 파란을 일으켰다. 다음은 그 글의 도입부다.

먼저 전제가 필요하다. e-북은 과연 책인가? 나는 결단코 책이 아니라고 생각한다. 그래서 e-북이라고 쓰고 있는 나는 이미 상당히 마음이 불편하다. e-북을 책이라고 지칭하는 것은, 비록 한 회사에서 비행기와 자동차를 동시에 만들어낸다 할지라도, 사람을 태우고 나르는 비슷한 개념의 물건이라 해서 자동차가 나도 비행기라고 주장하는 것과 하등 다를 것이 없다. 이미 카테고리 자체가 다른데, e-북이 책이라고 우기는 것은, 한마디로 책에 대한 모독이다. 다시 말하면, e-북으로 돈을 벌어보고자 하는 자들의 오만이다. 그러면 e-북은 과연 무엇이라 불러야 할 것인가? 예를 들어 e-콘텐츠라고 부르는 것도 한 방법이 될 수 있지만 무엇보다도 합의가 이루어져야 할 것이다. 그러나 합의가 되지 않은 상태에서 어느새 e-북이 대세인 것처럼 여겨지고 있으니 여기서도 그냥 e-북이라고 쓰기로 한다.

그리고 2000년에 내가 전자책에 관해 쓴 글들을 묶어 펴낸 『e-북이 아니라 e-콘텐츠다』(한국출판마케팅연구소)라는 책에서 나는 다음과 같이 말했다.

인간이 배설하는 단순한 데이터^{data}는 정보^{information}의 존재양태로 변형되면서 디지털형 정보(즉 e-콘텐츠), 아날로그 정보(과거의 종이책), 디지털에 의해 새롭게 발견된 새로운 아날로그(새로운 책) 등 세 형태로 변형^{transformation}된다. 이것은 H_2O가 고체인 얼음, 기체인 수증기, 액체인 물의 형태로 각기 변형되는 것과 같은 이치다. 이때 어떤 형태라는 것은 중요하지 않을 수도 있다. 단지 어떻게 변형되어야 가장 양질이 되느냐가 중요하다. 그렇게 양질의 정보로 변형되어야만 인간에게 꿈과 행복을 가져다 줄 수 있는 것이다. 물론 e-콘텐츠로 변형될 때 최고의 가치를 지니는 데이터도 적지 않을 것이다. 백과사전과 같이 저장과 검색이라는 디지털 체제에 적합한 데이터나 수량화되고 계량적인 연산효과를 중요시하는 데이터는 그 단적인 예다.

내 생각이 그때와 달라진 것은 없다. 나는 요즘 미국 전자책의 절반은 '포르노'라는 말을 한다. 그러면 한 후배는 늘 '로맨스 판타지'라고 고쳐서 말한다. 『그레이의 50가지 그림자』(E. L 제임스, 시공사, 2012) 같은 것을 '에로티카'라고 부른다. 이런 콘텐츠는 이미 대세다. 일본 전자책 매출의 70%는 만화다. 나는 일부러 '음란만화'라고 말한다. 이렇게 말하는 나의 저의를 아는 사람들은 속으로 비웃을 터이지만 대한민국에서도 웹툰이 이미 대세다. 스마트폰으로 웹소설을 보는 독자들도 폭발적으로 증가하고 있다. 그러니 "전자책화할 수 있는 콘텐츠가 많아서 시기가 오면 순식간에 전자책으로 전환"되는 것이 아니라 이미 전자책(나는 e-콘텐츠라고 부르고 있지만)은 넘치고 있다.

한국출판문화산업진흥원이 전자책을 진흥한다며 낭비하는 예산의 면면은 어떤가. 진흥원은 아직 출판사의 전자책 생산 참여 확대를 위해 전자책 제작 지원, 공유저작물 가상은행 구축 및 전자책 제작 활용 지원, 저비용 전자출판을 위한 제작 선진화 지원, 전자책 콘텐츠 공모전 실시를 통한 우수 콘텐츠 발굴, 전자책 공동제작센터 활성화, 산학연계 전문인력 양성 지원, 전자출판 해외 진출 및 수출 확대 지원 등의 사업을 하고 있다. 한마디로 말해 밑 빠진 항아리에 물 붓는 일을 지난 16년간 쉼 없이 해오고 있었던 셈이다.

나는 2000년에 "종이책에서 시장성이 상실되어 가는 그들의 소설이 단지 디지털 공간으로 장소만 이동시켜 놓으면 명작으로 되살아나 떼돈이 벌릴 것으로 착각하고 함께 모여 e-북의 인세를 50%로 할 것을 결의"하는 행위를 비판한 적이 있는데 지금 진흥원의 행태는 그런 일에서 조금도 벗어나지 못한 것이 아닌가 싶다. 이제라도 그런 수준을 뛰어넘어야 한다. 그러기 위해서 우리는 전자책에 대한 개념부터 명확하게 인식해야 한다. 그런데 우리만 그런 것이 아닌 모양이다. 일본의 하야시 도모히코(〈아사히신문〉사 디지털본부)가 〈유레카〉 2016년 3월 임시증간호에 실린 「전자책이 '진짜'가 되는 3가지 조건」에서 "아무도 '전자책'의 진정한 의미를 모른다"고 지적하고 있으니 말이다. 그는 아직도 많은 사람이 "종이책으로 팔리고 있는 또는 종이책으로 제작된 텍스트나 화상을 스마트폰 등으로 읽는 형식으로 변환해(이를 '전자화'라 한다) 인터넷을 통해 판매하고 디바이스로 읽는 것이 '전자책'이라 생각"하고 있지만 이제 우리는 그 단계를 뛰어넘어야 출판의 미래가 있다고 주장했다. 그는 "현실이 어떤가(존재) 하는 것보다 어떻게 되어야 하는가(당위)가 문제"라고 지적했다.

하야시는 기존 출판의 하위개념이 아닌 새로운 개념의 전자책은 '출판 프로세스 혁신'으로서의 전자책, '웹화'로서의 전자책, '하이브리드화'로서의 전자책 등 세 가지로 나누어 생각해야 한다고 주장한다. 구체적인 사례까지 예시하는 글이라 꽤 길지만 그가 말하는 핵심만 요약해보겠다.

(1) '출판 프로세스 혁신'으로서의 전자책

보통 전자책 가격은 종이책의 70% 정도에서 형성된다. 이 경우 출판사의 마진율은 종이책이 49%, 전자책이 70%로 설정된다. 이런 결과가 나오는 이유는 전자책의 제작, 배송, 반품 비용을 제로로 설정하기 때문이다. 모든 비용을 종이책 제작 비용에 포함시킨다. 심지어 전자책으로 전환하는 비용까지 종이책 편집비용에 포함시키니 전자책의 원가가 제로로 책정되는 경우도 허다하다. 그러나 선진적 출판사에서는 종이와 전자, 거기에 웹을 동시에 제작하는 CMS(콘텐츠 관리 시스템)를 도입하고 있어 종이책 교정 완료와 동시에 전자책의 제작도 완료된다. 일본이나 우리와 같은 전자화 작업 자체가 존재하지 않는다. 이러한 사례로 흔히 꼽히는 출판사가 하퍼콜린스, 프랑스 라가르데르 그룹의 자회사인 아셰트 북그룹(이곳 역시 빅5의 하나), 그리고 기술서로 유명한 오라일리다.

하퍼콜린스는 미국 RSI사가 개발한 'Rsuite'라는 CMS를 도입하였고, 이 시스템에 맞춰 제작 작업 흐름을 전면 재검토했다. 아셰트 북그룹도 싱가포르 IGP사의 '디지털 퍼블리셔^{Digital Publisher}'라는 CMS를 이용해 그때까지 해외로 외주했던 제작 작업을 3년의 세월을 들여 내제화^{內製化}했다. 마찬가지로 오라일리는 일본 안테나하우스의 'AH Formartter'라는 솔루션을 이용해 하나의 소스로 종이책과 전자책을 제작하고 있다. 전자화를 위한 비용은 제로라는 이야기다.

여기서 '소스'란 단순히 텍스트와 영상 파일을 말하는 게 아니라 '여기가 제목, 여기가 본문'이라는 식의 구조 정보가 있는 파일(XML, HTML 등)을 가리킨다. XML이나 HTML 등은 오픈 규격이어서 조판 소프트웨어나 워드프로세서 소프트웨어 파일처럼 기업의 사업철회나 버전업으로 사용하지 못하게 되는 일은 없다. 각 회사 모두 CMS의 백엔드에는 DAM(디지털 자산관리)을 갖추고 한 번 사용한 화상 파일 등을 손쉽게 다른 용도로 바꿔 쓸 수 있다. CMS를 이용한 작업 흐름에서는 '교정완료'의 개념이 바뀐다. CMS 내의 데이터를 완전하게 만드는 일이 교정완료이고, 그 뒤 종이책용 데이터를 뽑거나 전자책 파일을 출력하는 '후공정(포스트 프로덕션)'이 시작된다.

따라서 이제 '종이책을 전자화한 것이 전자책'이라는 고정관념에서 벗어나 '전자적으로 교정완료한 데이터에서 종이책과 전자책을 만든다'는 사고방식(디지털 퍼스트)으로 전환해 그에 맞는 작업 흐름을 구성한다면 '전자화'라는 개념 자체가 사라지고 전자화의 비용은 제로가 된다. 여기까지 혁신을 이루어야만 하퍼콜린스처럼 '전자책 쪽이 이익이 난다'고 말할 수 있다.

많은 이들이 종이책 내용을 전자 매체로 옮겨 넣은 것을 전자책이라고 부르는데 이 개념은 지나치게 협소하다. 출판 프로세스의 혁신이란 전자책 제작을 계기로 책의 제작 프로세스를 현대 미디어 환경에 맞춰 최적화하는 것이다. 종이책을 만든 뒤 '전자화'나 '웹화'를 진행하는 종래의 방식으로는 매체변환을 할 때마다 제작비는 물론 시간과 수고가 이중삼중으로 들어가는 탓에 전자책 사업도, 웹 사업도 제작비 회수가 불가능하다. 이래서는 제2, 제3의 의미를 가진 전자책으로 공격적인 출판 활동을 할 수 없다. 이것이 '프로세스의 전자화'로 전자책을 실현해 전자책 제작비용을 제로로 만드는 것이 우선되어야 하는 이유다.

(2) '웹화'로서의 전자책

지금은 콘텐츠뿐 아니라 정보유통, 비즈니스, 온라인커머스(EC) 등 모든 인간 활동이 '웹(인터넷)'을 매개로 이루어지고 있다. 하야시 도모히코는 인간의 주체성을 강조하는 의미에서 '사회의 웹화'라는 용어를 사용한다. 웹이나 그 관련 기술이 사회에서 폭넓게 이용되면서 이 기술을 의미 있게 활용하려는 의지가 사회에서 싹텄고 이것이 다시 웹 기술의 응용, 진화를 가져온다는 의미다. '사회의 웹화' 영향을 가장 많이 받은 산업 중 하나가 콘텐츠 산업이다. 과거에는 전날 본 TV 애니메이션, 코미디 프로그램, 음악 프로그램, CM,

야구 결과 등의 이야기를 나누는 바람에 그런 화제를 따라가려고 TV나 잡지를 봤다. 그런데 정보유통과 오락의 장이 웹으로 옮겨지면서 공통화제는 사라지고 개인과 개인은 현실의 장소를 떠나 웹상에서 점 대 점으로 연결된다.

온라인과 오프라인의 차이는 오프라인, 즉 현실 세계에서는 생산, 유통할 수 있는 정보량에 한계가 있고 온라인 세계는 무한한 정보를 삼켜버린다는 점이다. 현실 세계에서는 고전적 경제학의 개념인 '희소성'이 바탕이 된다. 적은 자원을 어떻게 분배할 것인가가 고전적 경제학의 기본 명제였다. 그런데 온라인 세계에서는 자원(대상)보다 그에 대한 인간의 관심(어텐션) 쪽이 희소자원이다. 전자책 데이터든 음악 데이터든 정보, 데이터에 대한 인간의 인지를 획득하기 위한 비용이 증가하는 것이다. 이것을 '어텐션 이코노미'라고 한다.

웹은 인터넷의 정보와 정보를 이어(하이퍼링크) 정보 인식 비용을 낮추기 위한 장치였지만 정보가 서로 연결되면서 정보 비용은 더 올라가고 있다. 정보 자체와, 정보와 정보를 연결하기 위한 메타 정보가 기하급수적으로 급증하고, 가치 있는 정보와 가치 없는 정보가 뒤섞여 정보의 탁류로 사회를 집어삼키고 있다. 이것이 정보폭발이라 불리는 현상이다. 정보폭발 시대에는 과거 전통 미디어가 전달 역할을 했던 가치 있는 정보(정보재=여기서는 콘텐츠)의 가치가 상대적으로 하락한다. 이것은 두 가지 경로에서 일어난다. 하나는 정보재(특히 무료)를 막대한 단위로 손에 넣을 수 있게 되면 정보재 하나당 잠재수요가 감소하면서 일어나게 된다. 자원의 수요부족에 따른 가격저하와 같은 논리다.

　반면 자원이라는 것은 또 다른 논리에서도 단가 하락이 일어난다. 전통 미디어의 정보재를 구매하기까지의 주관적인 장벽이, 웹상에서 생겨난 정보재보다 상대적으로 높아지면서 일어난다. 팔리지 않으면 값이 하락한다. 가장 좋은 예는 전자책으로 제작되지 않은 종이책의 콘텐츠다. 정보재를 웹에서 발견한 경우, 특히 오프라인서점에서 구매한다면 종이책은 실제로 읽히기까지 거쳐야 할 단계가 너무 많다. 즉 인터넷에서 발견 → 서점으로 간다 → 서점에서 찾는다 (없는 경우도 있다) → 구매 → 귀가 → 독서 등 몇 단계의 과정을 거친다.

　온라인서점에서 구매할 경우 단계가 조금 줄어든다고는 해도 '서점으로 간다'가 '서점에서 검색한다'로, '귀가'가 '운송'으로 바뀌는 정도로 거치는 단계가 많은 점은 마찬가지다. 이에 비해 전자책의 경우 단계 수가 상당히 준다. 인터넷에서 발견 → 서점에서 찾는다 (링크가 올바르다면 '품절' 등은 없다) → 구매 → 독서다. 미국에서 도입된 무제한 정액제(서브스크립션)에서는 구매 단계조차 필요 없다. 나아가 책을 읽은 사실이나 책의 내용을 소개하는 일, 즉 '공유'도 전자책이라면 간단하다. 종이책이라면 블로그나 독서미터(서평 사이트) 등에 등록하거나 아마존에서 해당 책 페이지를 찾아 글을 적어야 소개할 수 있다.

　이것이 전자책이라면 거의 한순간에 가능하다. 본문 일부를 소개할 때도 키보드로 텍스트를 적어 넣을 필요 없이 간단하게 할 수 있다. 스마트폰이나 태블릿에서는 텍스트를 적기 힘들어서 이 기능이 더 중요하다. SNS상에서 이런 리뷰나 링크를 보고 결과적으로는 전자책이 아니라 종이책을 구매하는 경우도 꽤 많을 것이다. 책을 구매하는 행동을 일으키는 의미에서도 전자책 쪽이 더 영향력이 있다. 요컨대 '웹화한 사회'에서 보자면 '책'이라는 콘텐츠가 상대적으로 취급하기 힘든 물건이 되었다는 사실이 현재 상황의 문제점이다. 이 상황을 바꿔야 한다. 그러려면 웹과 거리를 좁히고 책의 콘텐츠를 웹화한 정보유통에 적합한 형태로 만들어야 한다. 이런 적합화를 하야시 도모히코는 '웹화로서의 전자책'이라고 부르고 있다. 전자책을 상품으로 제공하는 일은 '웹화로서의 전자책'의 일부에 지나지 않는다. 웹상에서의 인지 확대에 전자책은 꽤 적합하지만 그 이전에 현재 대다수 책의 프로모션이 웹에 적합하지 않다는 사실이 문제다. 이를 바꾸는 것도 '웹화로서의 전자책'이다.

서점의 의의는 단지 책을 진열하거나 소개하는 것만이 아니라 서서 읽는다는 것에 있다. '서서 읽는 것'은 온라인상에서도 전자책 샘플 제공으로 실현할 수 있다(이 의미에서는 아마존의 '내용 검색'도 일종의 전자책이라 볼 수 있다). 웹마케팅에서는 이러한 방식이 일반적이지만 아직 서적이 이런 방식을 채택하고 있는 사례는 무척 적다. 있다 해도 저명작가, 저명작품인 경우가 많다. 사실 롱테일적 저자나 작품, 신인이나 새로운 장르의 작품이야말로 이러한 방식으로 이익을 얻을 수 있다. 그것이 웹의 특성이다.

현재 출판 프로세스는 웹에 거의 적응되어 있지 않은 상태다. 이

것을 웹에 적합화하기 위해 혁신할 것. 이를 위해 필요한 모든 전자책(열람용 파일)을 활용할 것. 이것이 (넓은 의미의) 전자책이 가진 제2의 의미다.

(3) '하이브리드화'로서의 전자책

'웹화'로서의 전자책이 늦어지니 저자가 직접 사이트(LP)를 구축하여 독자와 연결하고 작가 주도로 프로모션을 전개하는 사태가 벌어지기도 한다. 이런 일은 저자의 생각을 가능한 한 효율적으로 알린다는 출판의 본래 의미에서 보자면 이른바 출판의 일부며 기본적으로는 좋은 일이다. 앞으로는 이렇게 저자가 직접 하거나 자기 돈을 들여 사람을 고용하는 경우가 늘어날 것이다. 이것은 '탈중개화disintermediation'라고 하는데 '전자책이 보급되면 저자가 출판사를 통하지 않고 직접 출판하는 탈중개화가 진행된다'는 것이 '탈중개화'론의 요점이다. 대표적 논자 중 한 사람인 사사키 도시나오는 『나는 이제 출판사가 필요 없다』라는 번역서를 감수하여 세상에 내놓았다. 하지만 이 의미의 탈중개화는 일본에서는, 특히 문자 위주의 책이라면 현재 큰 트렌드를 형성했다고 보기 어렵다(코믹에서는 사토 슈호가 자신의 저서 『헬로우 블랙잭GTplanning』을 무상 공개, 2차 제작을 자유화함으로써 속편 및 관련 작품의 판매액이 1억 엔을 돌파한 예가 있다. 하지만 아직 많은 코믹 작품이 전통출판사에서 탄생하고 있는 것에는 변함이 없다).

하지만 탈중개화가 논의에 올랐던 때는 2011년까지고 그 후에는 '하이브리드 오서Hybrid Author'론이 논의의 중심에 올랐다. '하이브리드 오서'론이란 전통출판과 자가출판을 조합하여 전체 최적화를 꾀한 출판 전략을 말한다. 블로그가 일반화되고 아마존의 KDP, 라쿠텐 코보의 Kobo Writing Life(KWL), 반스앤드노블의 누크 프레스 등 자가출판이 정비된 세계에서는, 가령 전통출판사에서 한번 책을 낸다 해도 경비가 전혀 들지 않는 자가출판을 포기할 이유가 저자에겐 없다.

그래서 '저자는 언제든 출판사를 빼고 책을 낼 수 있다'는 점을 전제로 출판사나 출판 에이전시는 저자를 가두는 것이 아니라 저자의 출판 활동을 전체적으로 지원하는 방향으로 업무 내용을 바꿔나가야 한다. 이것이 출판사 쪽에서 보는 '하이브리드 오서'론의 개요다. 같은 이야기를 저자 쪽에서 보자면 전통출판사와 자가출판 플랫폼, 저자의 SNS상 연결, 또는 오프라인서점 등 여러 자원을 이용해 효율적으로 출판 전략을 전개하는 구조가 되는데, 동전의 앞뒷면 같은 이야기다.

탈중개화는 환상이다. 미국에서 일어나고 있는 또는 적어도 모색하고 있는 것은 탈중개화라기보다 '중개=출판사의 역할'이라는 재정의, 재편성이다. 그리고 이것이야말로 제3의 의미의 전자책이다. 웹이 퍼스트 미디어가 된 지금, 저자 스스로 손쉽게 출판할 수 있는 시대에 적합하게 재정의된 출판사 본연의 기능. 그것이 하이브리드화로서의 전자책이다.

웹 시대의 출판은 재정의되어야 한다

● ● ● ● ●

그렇다. 출판은 새로운 전환점에 서 있는 것이 분명하다. 이렇게 '출판 프로세스의 혁신'으로서의 전자책, '웹화'로서의 전자책, '하이브리드화'로서의 전자책 등으로 개념을 명확하게 정리하고 보니 앞으로 출판의 성장 가능성이 커 보인다. 하야시 도모히코는 책만큼은 틀림없다고 강조하고 있다. 왜 그럴까. 그는 미디어의 특성을 생각해보면 바로 정답이 나온다고 말한다. 음악, 영화, TV, 라디오 등은 인터넷(웹)에 기능적으로 완전히 대체될 수 있다. 그런 매체들은 어차피 '복제예술'이며 '미디어'이긴 해도 '재財', 즉 가치의 원천이 아니기 때문이다. 신문이나 잡지도 정보를 알기 쉽게 묶어 소개하는 패키지 기능에 주목하자면 인터넷으로 대체되는 일을 피하기 어렵다. 하지만 주요 미디어 중에 '책'만큼은 패키지 기능이 매우 뛰어나서 간단히 인터넷으로 대체될 수 없는 특성이 있다는 것이다.

책은 제목, 제작, 조판 등 책 제작 자체가 내용과 밀접하게 연결되어 있기 때문에 '비이클(컨테이너)'과 '콘텐츠(내용)'가 일체가 되어 '재財'를 이루고 양쪽을 완전히 분리할 수 없는 특징이 있다. 컨테이너와 콘텐츠가 어우러지며 '책'이라는 '재財'를 만든다. 음악과의 차이라고 한다면 책은 거기서 '텍스트'를 뽑아내도 '재財'가 되지 않는다는 사실이다. 그런 의미에서 '책'은 '복제예술'이 아니다.

하야시 도모히코는 '책의 죽음'은 우리가 살아 있는 동안에는 절대로 찾아오지 않을 거라 확신한다. 책의 판매 금액이나 관심 저하를 체감하게 된 것은 사람들의 관심을 끄는 방법이나 판매 방법에 문제가 있다고 볼 뿐이다. 현재의 출판 에코시스템은 웹 시대에 잘 적응하지 못했다. 전자책은 이러한 현재 상태를 바꾸는 도구가 될 것이다. 따라서 웹 공간에 책에 대한 관심을 불러일으키고 책의 도선導線을 만들어 책을 부활시키는, 즉 웹 시대의 출판을 재정의할 필요가 있다. 이러한 구도 속에서 전자책은 그림책의 적이 아니라 아군이다. 출판계가 종이 대 전자라는 잘못된 대립구도에서 벗어나 전자책의 잠재력을 100% 살려 재성장해야 한다는 것이 하야시 도모히코가 진정 말하고자 하는 것이다. 자, 이제 우리도 발상을 전환해 새로운 가능성을 향해 달려가보자.

2장

책,
사회를
'보다'

네트워크형
인간들의 사회

"아들딸 둘만 낳아 잘 기르자"는 광고가 유행하던 때가 있었다. 부부와 두 자녀로 구성된 4인 가족이 모두가 생각하는 이상적인 가족, 즉 '표준 가족'처럼 여겨지던 시절이었다. 그 이전에는 피라미드 조직으로 된 대가족이었다. 내가 어릴 때 우리 가족은 조부모, 부모, 6남매로 구성된 열 식구였다. 이제 가부장제 중심의 이런 '대가족'은 찾아보기 어렵다.

현재 대표적인 가족 형태는 1인 가구다. 행정자치부가 발표한 「2016년 9월 주민등록 인구 통계 현황」에 따르면 주민등록상 세대로 등록된 전체 2,121만 4,428세대 중에서 1인 가구는 738만 8,906세대로 34.8%를 차지하며 전체의 3분의 1을 넘어섰다. 2인 가구는 452만 1,792가구(21.3%)로 2위, 4인 가구는 397만 1,333가구(18.7%)

로 3위를 차지했다. 3인 가구는 391만 8,335가구(18.5%)로 4인 가구와 엇비슷했다.

1인 가구의 연령별 분포는 50대가 19.7%로 가장 많고, 40대가 17.5%, 30대가 17.1%, 60대가 14.9% 순이었다. 1인 세대 중에서 남자는 51.9%, 여자는 48.1%였다. 1인 가구의 비율이 높아지면서 혼자 밥 먹는 '혼밥족', 혼자 술을 마시는 '혼술족' 등 '혼자' 즐기는 문화가 대세로 떠오르고 있다. 혼자 하는 것이 즐거울까? 아닐 것이다. 나는 혼자 지낼 때 아침 드라마에서 "그저 함께 밥 먹어주는 사람만 있어도 그게 행복이지!"라는 대사가 흘러나오자 나도 모르게 눈물을 흘린 적이 있다.

하지만 이제 혼자 사는 사람이 워낙 많으니 '나홀로족'을 바라보는 시선과 소비 트렌드도 달라지고 있다. 편의점에서는 도시락과 김밥 등 나홀로족을 겨냥한 상품이 갈수록 늘고 있다. 2인 가구 중에서도 사실상 혼자 사는 사람들이 적지 않을 것이다. 김영란법이 시행되자마자 접대를 받지 않고 집에 들어와 밥을 먹는 '삼식三食이'들이 늘어나는 바람에 최대 피해자는 '주부'라는 이야기가 나오는 것에서 알 수 있듯이 "그대가 곁에 있어도 나는 외롭다"는 사람은 적지 않다.

"외로워도 슬퍼도" 울지 않는 것은 캔디뿐일 것이다. 인간은 외로우면 우는 것이 정상이다. 그러니 어떻게든 누구와 함께하려 애를 쓴다. 그렇다고 여자가 꼭 남자를 필요로 하는 것만은 아니다. 남자든 여자든 50세를 넘기면 '자녀의 독립'과 '정년퇴직'이라는 기회를 맞이한다. 이때 헤어지는 것이 '황혼 이혼'이다. 남의 눈치가 보여 어쩔 수 없이 사는 쇼윈도 부부는 또 얼마나 많은가.

T자형 커뮤니케이션
● ● ● ● ●

『유혹의 학교』(한겨레출판, 2016)와 『관능적인 삶』(그책, 2013)의 저자인 이서희는 「결혼은 누구도 완성하지 않는다」(〈기획회의〉 421호)에서 "한국의 이혼율이 악명 높은 미국의 이혼율을 거의 따라잡은 지 오래고, 그나마 부부 관계를 유지한다고 해도 관계가 즐거움보다 고통의 연속으로 설명되는 사람들"이 적지 않다고 했다. 그는 그 글에서 14년 전 미국 생활을 시작할 때, 먼저 와서 정착해 살던 친구가 했다는 말을 다음과 같이 전하고 있다.

"미국의 이혼율과 한국의 이혼율은 의미가 꽤 달라. 이곳에서 가족이 있는 사람들은 하나의 단위로 생각되거든. 어디를 가든 가족 단위나 커플 단위로 초대받아. 그러다 보니 사이가 좋지 않으면 일상을 견디기 힘든 지경이야. 한국처럼 남편 따로 아내 따로의 삶이 가능하지 않으니, 유보하지 않고 결정을 더 명확하게 내릴 수밖에 없는 거야."

슬픈 일이다. 그러면 그들은 어떻게 살아갈까. 『갈 곳이 없는 남자 시간이 없는 여자』(미나시타 기류, 한빛비즈, 2016)에서 은퇴한 남자는 '갈 곳'이 없고 여자는 '시간'이 없다고 했다. 남자는 관계 빈곤에 시달리고, 여자는 시간 빈곤에 시달린다는 것이다. 나는 블로그에 관계 빈곤에 시달리는 남자가 여자의 마음을 얻으려면 세 강적을 이겨내야 한다고 적었다. 하나는 여자의 친구. 여자들은 친한 친구와의 수다와 여행 등으로 거의 모든 것을 치유한다. 다음은 여자의 딸. 딸은 사실상 여자의 남편 역할을 수행한다. 그리고 나머지 하나는 개나 고양이다.

나는 우연히 그런 이야기를 듣고 글을 썼는데 이게 보편적인 흐름인 모양이다. 『2020 시니어 트렌드』(사카모토 세쓰오, 한스미디어, 2016)에서는 50대 이상 여성의 어른이 된 딸과의 '모녀 커뮤니케이션'이나 '모녀 소비'가 최근 10년 사이에 왕성해졌다는 사실을 알리며 다음과 같이 지적했다.

미국에서는 '빈 둥지'가 되지만 일본에서는 '모녀 커뮤니케이션', '모녀 소비'가 시작되는 것이다. '시니어＝인생의 내리막길'이라는 고정 관념을 가지고 바라보면 있지도 않은 빈 둥지 증후군을 멋대로 단정 짓고 수긍해버리는데, 물론 일본이라고 해서 그런 가정이 전혀 없다고는 할 수 없지만 생활자의 실태는 상당히 다르다. '드디어 생긴 내 시간을 어떻게 사용할까? 인생은 지금부터야.' 여성들은 의욕이 넘쳐난다. 그리고 50대 여성들은 '동료 만들기'를 시작한다. 주로 학부모 모임에서 만난 친구나 동창생을 시작으로 취미를 공유하는 친구를 넓혀 나간다. '동료'와 '모녀'를 기점으로 커뮤니케이션이 확대되어 간다. 이것을 T자형 커뮤니케이션이라고 부른다. 동료끼리의 횡적 커뮤니케이션과 모녀의 종적 커뮤니케이션이다.

절묘하지 않은가. 저자가, 여성들이 여전히 기운이 넘쳐서 동료 커뮤니케이션과 모녀 커뮤니케이션을 시작한 예로 든 것이 '한류 열풍'이다.

먼저 횡적인 커뮤니케이션을 통해 〈겨울연가〉의 인기가 폭발하고 이것이 종적 커뮤니케이션을 통해 딸에게 확산되었으며 동시에 K-POP의 정보를 딸에게서 얻은 50~60대 여성 사이에서 동방신기의 팬이 증가하는 현상을 만들어냈다. 아이돌은 수명이 짧은 터임에도 SMAP이나 아라시嵐의 인기가 오래 지속되는 이유는 이 모녀와 동료가 그들을 지지하고 있기 때문이다. 일반적으로 SMAP은 50대 전후의 어머니와 30대의 딸, 아라시는 40대의 어머니와 20대의 딸이 지지한다고 한다.

우리는 어떨까. 나는 『이젠, 함께 걷기다』(김민영 외, 북바이북, 2016)를 읽으면서 1인 가구가 넘치는 우리 사회도 벌써 '횡적 커뮤니케이션'이 자리를 잡아가고 있다는 것을 확신했다. 이들이 함께 실천한 것은 '100일 함께 걷기'다. 그들은 이 일을 시작하면서 '준수 사항'을 내걸었다. 그 준수 사항은 한 참여자의 글에 잘 정리되어 있다.

숭례문학당의 '100일 함께 걷기'를 시작한 이후로는 매일 하루도 거르지 않고 걷고 있다. 아프리카 속담에 '빨리 가려면 혼자 가고, 멀리 가려면 함께 가라'고 했다. 이처럼 멀리, 즉 오래 걷기 위해 함께 걷기 모임을 선택한 내 자신이 대견하다. 걷기 기록은 어플로 남기고 그 기록을 캡처하여 단체 카톡방에 올리면 된다. 그런데 기록만 올리는 것이 아니라 그날 걸으며 느꼈던 단상과 보았던 멋진 풍경을 공유하였다. 가끔 해이해져 걷기를 쉬고 싶을 때도 있다. 그렇지만 카톡방에서 나를 기다리고 있을 동지들을 떠올리며 오늘도 바깥으로 나가 걷는다.

이들은 한 달에 두 번은 만나 함께 10km 이상을 걸었다. 그러나 지방에 거주하거나 특별한 사유가 있는 경우는 반드시 참여하지 않아도 되었다. 그러니까 이들을 연결한 것은 스마트 기기였다. 이 책의 저자들은 '100일 걷기 모임'의 중요한 성과 중 하나가 '글쓰기'였다고 말했다. 각자가 자유롭게 걷다가 새롭게 보인 것들에 대한 생각을 정리한 '걷기 단상'이 그들을 연결했다. 그 단상은 카카오톡 대화방에 올라갔다. 그들은 그것을 매개로 소소한 일상을 주고받으며 서로를 연결했다. 나는 이 사례에서 아날로그적인 만남과 디지털 환경을 이용한 연결성이 인간의 삶을 혁명적으로 바꾸고 있다는 사실을 확인했다. 아날로그 만남이 빈번해야 하는 것은 아니다. 가끔 만날지라도 소셜미디어를 통해 늘 연결되어 있으면 그만이다. 그렇게만 하면 인간은 누구와도 커뮤니케이션을 할 수 있다.

기술이 만들어낸 수평적 관계

● ● ● ● ●

　　다른 사례를 하나 더 들어보자. 『2020 시니어 트렌드』에서
는 "수평적이고 서로를 속박하지 않는 네트워크 가족"인 '신삼대'를
소개하고 있다. 단카이 세대(1947~1949년생)는 '자녀 가족의 보살핌
을 받는 노인'에서 '다른 세대를 보살피는 조부모'로 크게 전환되고
있다. "각 구성원이 자립한 개인으로서 서로 돕는 관계가 된다. 특
히 조부모가 노력의 측면에서나 경제의 측면에서 다른 세대를 돌본
다는 특징이 있다. 그리고 서로의 사생활을 방해하지 않으면서 좋은
관계를 유지하기 위해 '가까운 곳에서 따로 살며' 이메일이나 라인
등의 디지털 도구를 활용한다. 디지털의 활용이라는 의미에서도 '네
트워크 가족'이다. 일본의 가족은 '핵가족'에서 '네트워크 가족'으로
전환되고 있다."

　　신삼대는 여행도 즐긴다. 과거의 가족 여행은 자녀들이 조부모를
모시고 가는 형태였다. 그러나 지금은 건강하고 경제력이 있는 조부
모가 계획하고 돈도 내는 등 모든 과정에서 주체적으로 움직인다.
"이때는 모녀가 계획을 짜고 남자들에게 허락이나 동행을 요구한
다. 그것도 단순한 동행이 아니라 짐꾼이나 운전사가 될 것을 요구
한다."

　　지금까지는 휴일이 되면 가족이 함께 박스왜건을 타고 할아버지 할
　　머니의 집을 찾아갔다. 그리고 할아버지 할머니를 모시고 안전 운전

을 하며 드라이브를 즐겼다. 그런데 현재는 젊은 엄마가 일로 바빠서 휴일에도 집에서 쉬거나 출장을 간다. 자녀들은 어디든 놀러 가자고 성화를 부린다. 곤란해진 젊은 엄마는 자신의 어머니에게 전화를 건다. 조부모는 '손자·손녀를 위해서라면…'이라며 아침 6시 무렵에 찾아온다. 그것도 정년퇴직 기념으로 산 새빨간 스포츠카를 몰고 온다. 그리고 기뻐하는 손자·손녀와 함께 고속도로를 질주하며 테마파크로 향한다.

'증기 열차 여행'이나 '야산 탐험 여행'은 조부모의 유년기 체험을 손자·손녀에게 가르쳐 줄 수 있는 여행이다. 부모인 단카이 주니어는 투구벌레를 백화점에서 사서 기른 세대지만 조부모인 단카이 세대는 실제로 야산에서 투구벌레를 잡았던 세대이기 때문에 야산 탐험을 하면서 그 경험을 손자·손녀에게 가르쳐 줄 수 있을 것이다.

우리는 어떨까. 아직 일본처럼 큰 흐름이 보고된 것은 없다. 그러나 이런 사례는 어떨까. 불안을 극복하고 행복한 삶을 살고 있는 세 사람의 60대가 '아빠들이 행복해지기 위한 인사이트 10가지'를 제시한 『아빠, 행복해?』(어른의시간, 2016)의 저자인 최병일은 자녀들과의 카카오톡을 이용한 독서토론이 너무 즐겁다고 말한다.

요즈음 가족이 함께 온라인으로 독서토론을 할 때 가장 행복합니다. 한 달에 한 권의 책을 모두 읽고 2시간 30분 정도 토론을 합니다. 내가 진행을 하고 아이들은 의견을 카톡방에 실시간으로 올립니다. 용인, 부평, 천안, 베이징이 공간을 초월하여 연결합니다. 책이나 가족 서로에게 좋은 영향을 받아 삶에 변화가 일어나고 있습니다. 숙제처럼 의무감으로 하는 토론이 아니라 그리움으로 합니다. 그래서 그 시간을 기다리고 있습니다. 『비폭력 대화』(한국NVC센터), 『부모라면 유대인처럼』(예담Friend), 『태초 먹거리』(그리심어소시에이츠), 『행복일기』(책으로여는세상) 등의 책으로 4회를 마쳤으나 1년이 되고 2년이 지나면 가족 간에 어떤 변화가 올지 기대가 됩니다. 성장해서 부모의 품을 떠난 자녀들에게 작은 도움이라도 줄 수 있는 아빠가 되었다는 사실만으로 이보다 더 행복할 수는 없습니다.

이제 가족은 반드시 함께 살아야 하는 것이 아니다. 비록 따로 살더라도 소셜미디어로 연결되어 있기만 하면 과거보다 더 화목한 가족이 될 수 있다. 수직관계가 아닌 수평적인 관계를 기술이 만들어내고 있다. 개인주의가 강한 모든 인간들을 기술이 연결하고 있는 것이다.

오랫동안 디지털 기술은 우리를 불안으로 몰아넣었다. 그 불안은 여전히 계속되고 있다. 새로 등장한 불안은 언제나 우리를 코너로 몰아넣고 있다. 그럼에도 불구하고 이미 한쪽에서는 새 기술을 이용한 새로운 커뮤니케이션을 통해 새로운 관계를 만들어내고 있다. 그 관계는 다양하다. 절대로 획일적이지 않다. 정답이 없다는 이야기다. 그러니 무조건 소셜미디어로 연결할지어다. 그렇게 연결된 친구나 이웃과 소통하라. 물론 확실한 연결고리(걷기 같은 이벤트)를 반드시 가지고 있어야 한다. 그리고 가끔은 직접 얼굴을 맞대고 인간적인 유대를 가질 필요가 있다. 그러면 행복해질 것이다. 이제 출판기획자의 새로운 과제는 그런 연결고리를 찾아내는 일이 되었다.

마이크로 콘텐츠 시대, 새로운 독자층의 탄생

15세기 파리대학 신학부의 독실한 학생들은『성서』, 페트루스 롬바르두스의『명제논집』과 그 주석, 토마스 아퀴나스의『신학대전』과 주석 등 10권 내외의 서적만 열렬히 읽었다. 이런 사실은 당시 소르본 대학의 도서대출부에서 드러났다. 같은 시기 조선의 사대부들은 어떤 책을 읽었을까. 주로 '사서오경'만 읽었다. 극히 일부의 지적 욕망이 강한 사람들은『사기』,『한서』,『좌씨춘추』,『자치통감』등의 책을 애써 찾아서 읽었지만 대부분의 교양층은 과거시험의 발제가 '사서오경'만 읽어도 해결되었기에 10권 미만의 책만 마르고 닳도록 읽으면 그만이었다.

독자, 어떻게 변화했는가

●●●●●

유통되는 텍스트의 종류와 양에 변화가 나타난 것은 '리딩
퍼블릭', 즉 책을 마땅히 읽어야 하는 교양독자층 이외의 새로운 독
자층이 등장하면서부터였다. 프랑스에서는 여성이 책을 읽기 시작
한 1820년대부터 그 변화가 나타났다.

아날파 서적의 사회사社會史에는 5년 단위로 베스트셀러의 일독표가
작성되어 있는데 혁명이 있었음에도 그때까지 고전주의적이었던 서
적군에는 이 무렵부터 속요집이나 가정의학, 요리 레시피 등의 오
락·실용서가 모습을 드러내기 시작했다. 그 후 바로 대중 저널리즘
의 시대가 도래해 책, 잡지, 신문으로 그 형태가 다양해졌는데 누구
나 그날그날 그 자리에서 소비하고 굉장히 많은 텍스트를 찾는 시대
가 되었다.(쓰키무라 다쓰오, 「디지털 시대 독서의 행방」, 〈책과컴퓨터〉 2004년
겨울호)

새로운 독자층의 등장으로 인해 책 시장은 크게 확대될 수밖에
없었다. "18세기 초기와 1780년대 사이에 3~4배 증가한 책 생산,
신문 발행부수 증가, 소형 책자 형태의 승리, 해적판으로 초래된 책
가격의 저렴화, 책과 정기간행물을 사지 않고도 읽을 수 있는 독서
기관(독서조합과 대출도서관)의 급격한 증가"(『읽는다는 것의 역사』, 로제
샤르티에 외, 한국출판마케팅연구소, 2006) 등이 벌어진 이후인 19세기

의 새로운 독자층은 여성, 어린이, 노동자 등이었다.

19세기의 새 여성 독자들은 더 세속적인 취미가 있었는데, 새로운 형태의 문학은 그녀들의 소비를 목적으로 설계되었다. 이 새 독자시장을 겨냥한 것으로는 요리책, 잡지, 특히 저렴한 대중소설을 들 수 있다. 요리책 중에 『부르주아 여성 요리사』가 19세기 초 프랑스에서 명예로운 지위를 차지한다. 이 책(또는 『새 부르주아 여성 요리사』)은 가장 성공한 시기인 1815년부터 1840년까지 32쇄를 중쇄하며 전체 약 10만 부를 헤아린다. 왕정복고기의 베스트셀러였다.(『읽는다는 것의 역사』, 514쪽)

19세기 유럽에서 초등교육 보급은 또 하나의 중요한 독자층의 신장을 촉진했다. 어린이들이다. (중략) 아무튼 초등교육 발전이 독서와 출판에 중대한 영향을 미쳤다. 교양 있는 가정의 교육열에 부응하기 위해 어린이 잡지와 어린이 문학이 꽃을 피웠다. 교과서와 참고서 수요가 출판시장에 중요한 위치를 차지하였으며, 아셰트 같은 출판사의 발전에 기여했다.(『읽는다는 것의 역사』, 525쪽)

19세기의 새 독자층에는 "도처에서 대출도서관 고객수를 증가시킨 중하층계급, 즉 사회적 지위 향상을 바라는 소시민, 장인, 샐러리맨" 등 노동자계급도 있었다. 여성, 어린이, 노동자 등은 최근까지도 출판시장의 주류층을 형성했다. 노동자를 직장인으로 바꾸면 이들이 지금도 출판시장에서 주요 독자인 것은 여전하지만 이들이 책을 찾는 이유는 달라지기 시작했다.

독자층은 사회 변화에 민감하다. 특히 하드웨어의 변화에도 민감하다. 예를 들어보자. 일본에서는 메이지 30년대(1897~1906년)에 '철도'라는 하드웨어가 등장하자 일본의 출판업자들이 이 시스템을 활용해 책을 읽는 독자층을 만들려고 분투했다.『독서국민의 탄생』(나가미네 시게토시, 푸른역사, 2010)에는 이때의 모습이 잘 그려져 있다. 철도망의 확대로 철도 여행자가 1억 명 이상 급격히 늘어났다. 전국으로 퍼져나가는 철도망을 활용해 신문, 잡지, 책 등의 활자미디어가 전국으로 흐를 수 있는 유통망을 만들고, 늘어나는 여행객을 독자로 만들기 위한 새로운 전략을 짰으며, 도서관 등 책을 읽을 수 있는 근본적인 장치를 전국에 보급했다. 도쿄와 오사카 같은 대도시에서 발행되는 전국 단위의 신문이 철도를 이용해 지방의 국민을 독자로 만들기 위한 유통망을 형성하자, 잡지와 책 역시 그 유통망을 이용해 규모를 키워가면서 '국민독자'층을 두텁게 형성해갔다.

장거리 여행으로 인한 무료함을 달래기 위해서 이야기를 나누거나 잠을 잘 수도 있었지만 기차 여행객이 시간을 보내는 방법으로 책을 읽는 것만큼 좋은 것이 없었다. 그래서 탄생한 것이 '차내 독자'다. 이들을 위해 신문, 잡지(특히 만화잡지), 여행안내서 등 차내에서 읽을거리를 만들어내는 일이 중요했다. 신문과 여행은 공통적으로 '하루'라는 사건이나 체험 단위로 편성된 비슷한 구조를 가지고 있어 신문은 근대와 함께 출현한 철도 여행이라는 동적인 이동 공간에 아주 적합한 미디어였다. 신문에 이어 차내 독서의 한 축을 형성한 것은 잡지다. 특히 만화잡지 시장을 개척한 〈골계滑稽신문〉은 판매원으로 하여금 "도시락, 우유, 〈골계신문〉" 하고 외치게 해 큰 성공을 거뒀다. 이어서 기행문이나 여행안내서 혹은 문고본 형식의 책이 차내 독서 시장을 키워갔다.

대중이 읽는 텍스트들
● ● ● ● ●

올해는 윈도우95가 출현한 지 22년이 되는 해다. 이제 디지털 텍스트의 양은 하루가 다르게 폭증하고 있다. 새로운 형태의 소셜미디어가 끊임없이 등장하면서 오로지 읽히기만을 기다리는 엄청난 양의 텍스트들이 나날이 생산되어 무료로 제공되고 있다. 독자의 입장에서는 읽을거리가 넘쳐나고 있다. 이때 주목되는 것은 "텍스트 유통성의 비약적인 증대와 텍스트의 전문 검색성"이다. 달리 말하면 여러 형태로 생산되는, 도저히 규모조차 헤아리기 어려울 정도의 텍스트가 생산되어 무료의 형태로 제공되고 독자는 검색을 통해 그런 텍스트에 접근해 소비한다. 이제 대중이 읽는 텍스트들을 대강 살펴보자.

대중은 포털사이트에서 검색으로 텍스트를 읽는다. 구글은 애초에 '구텐베르크 프로젝트'를 실현하기 위해 만들어진 회사였다. 이 사이트는 저작권이 소멸된 사후 50년이 지난 저작의 텍스트를 무료로 서비스한다. 아마존이 꿈꾸는 것은 '한 권의 책'이다. 인류가 생산한 모든 책을 한 데 모은 이 책은 본문, 주석, 비평, 댓글마저도 연결된다. 게다가 다른 모든 문화와도 연결된다. 이 책은 이미지, 비디오, 오디오, 게임, 소셜네트워크 대화를 모두 포함한다. 독자는 거대하고 방대한 이 책에 자유롭게 접근할 수 있다. 누구나 전기와 물과 가스처럼 자유롭게 이용하면서 사용한 만큼 사용료를 내면 된다. 이른바 '유틸리티 모델'이다.

블로그, 페이스북, 트위터, 카카오톡, 밴드 등 소셜미디어 플랫폼은 나날이 진화하고 있다. 동영상 기반의 유튜브(15분), 인스타그램(15초), 바인(6초) 등의 새로운 플랫폼도 속속 등장하고 있다. 텍스트의 양이나 영상의 지속시간에 따라 이야기의 폭과 깊이가 달라지기는 하겠지만, 포맷에 맞는 새로운 콘텐츠가 진화된 형태로 생산되고 있다. 140자의 짧은 글이나 6초의 영상으로도 압축적으로 메시지를 전달하는 능력이 중시되고 있다.

더욱 진화하고 있는 것은 팟캐스트다. 지금은 말과 글이 공존하니 '말글'시대라고 해야 옳을 것이다. 블로그에 올린 글을 모아 '블룩(blog+book=blook)'을 만들었지만 이제 팟캐스트의 음성을 텍스트로 바꾸어 책을 만든다. 바로 '팟북(podcast+book=podbook)'이다. 말을 글로 옮기려면 편집자의 역할이 필요하지만, 앞으로 말 그 자체가 곧바로 글로 변환되는 기술은 진화할 것이다. 말을 그대로 옮겨놓으면 글이 되는 '스피커 라이터speaker writer'의 인기는 벌써 시작되었다. 따라서 되도록 짧은 시간에 하고 싶은 말을 모두 쏟아놓는 기술이 필요할 것이다. 수사학의 인기 또한 점증할 것이다.

대중은 정액제 콘텐츠 플랫폼도 이용한다. '케이크cakes'는 업무론부터 연애 칼럼까지 뉴스 사이트처럼 기사 단위로 콘텐츠가 갱신된다. 사용자는 최근에 업그레이드된 정보만 읽을 필요가 없다. 연재글은 첫 회부터 자유자재로 읽을 수 있다. 종이잡지의 경우에는 일일이 찾아 읽어야 하는 수고로움이 적지 않았는데, 검색을 통해 원하는 단위로 자유롭게 이용할 수 있는 이런 유형의 인터페이스는 많이 늘어날 것이다.

대중은 마이크로 콘텐츠를 통해서도 텍스트를 읽는다. 아마존이 2013년에 설립한 단편문학 전문 임프린트인 '스토리프론트StoryFront'는 킨들 전용 디지털 주간 문예지인 〈데이 원Day One〉을 창간했다. 이 잡지는 매호당 단편소설 한 편과 시 한 수만을 수록했다. 2014년 1월에는 배수아의 단편 「푸른 사과가 있는 국도」가 수록된 잡지도 나왔다. 아마존은 나중에 수록작품을 모아 엄선한 책을 펴내기도 한다.

전자우편을 통해 받아보는 유료 메일 매거진도 있다. 메일진Mailzine 혹은 이맥E-Mag이라고도 하는 이것은 특정 분야에 관심을 가지고 있는 사용자들이 전자우편을 통해 정보를 주고받는 메일링리스트 개념이 확장된 형태다. 온라인잡지, 웹진에 이어 등장한 신개념 잡지로 발행자는 자신이 알리고자 하는 정보를 간단히 수많은 사용자에게 전달할 수 있다. 홈페이지와 같은 양식으로 다양한 기사를 제공하며 사진, 기타 첨부파일 등도 받을 수 있다. 처음에는 무료의 형태였으나 차츰 유료가 늘어날 것이다.

토킹Talking 퍼블리셔의 생산물도 들 수 있다. '트위터로 하는 온라인

생방송'인 유스트림은 스마트폰이나 컴퓨터에 내장된 카메라로 현장을 실시간으로 중계할 수 있다는 이점 때문에 차세대 미디어로 각광받고 있다. 140자 미만의 단문 메시지로 실시간 소통을 할 수 있는 것이 트위터라면, 동영상을 보면서 트위터로 실시간 대화를 할 수 있는 유스트림은 트위터가 한 단계 업그레이드된 것이다. MP4는 단순히 노래를 듣는 MP3에서 진화해 텍스트, 동영상, 노래, 라디오 등을 한꺼번에 활용할 수 있다.

우리는 이제 이상의 유형을 모두 활용하고 있다. 이른바 CPND, 즉 C(콘텐츠), P(플랫폼), N(네트워크), D(디바이스)로 연결된 구조에서 일상적으로 이용한다. 아마존이나 구글 같은 플랫폼에서 디바이스를 이용해 직접 콘텐츠(글과 영상)를 생산해 올리기도 하고 소비하기도 한다. 네트워크의 조직원들은 즉각 자신의 생각을 피드백한다. 2014년 6월에 10주년을 맞이한 네이버 웹툰은 하루 이용자가 620만 명이나 된다고 자랑했다. 그 당시 네이버 웹툰은 365명의 작가가 520편의 작품을 연재하는 동안에 아마추어 작가를 14만 명이나 배출했다는 보도자료를 내놓기도 했는데, 네이버 웹툰에서 연재되었던 작품들은 다시 책, 영상, 게임 형태의 2차 저작물로 만들어져 작가들의 명성을 키우고 있다. 이제 수십 명에서 수백 명의 작가들이 활동하는 군소 웹툰이나 만화 플랫폼도 점차 늘어나고 있다.

쓸모 있고 이야기성 강한 지혜를 원하다

● ● ● ● ●

문학시장이라고 다를 것인가. '미스터 블루' 같은 업체에는 수천 명의 무명작가들이 로맨스, 판타지, 무협, SF 등의 장르소설을 일상적으로 올린다. 미스터 블루는 몇 년 전부터 해마다 수십억 원의 순이익을 내고 있다. 과거의 문학소녀(소년)들이 이런 업체들을 주 활동무대로 삼기 시작하자 순문학(본격문학)을 지향하는 전통적인 문학 출판사들은 악전고투하고 있다. 순문학 소설을 써서 먹고사는 작가는 손가락으로 꼽을 수 있는 반면 만화, 로맨스, 게임 등 서브컬처 생산자 중에 월 단위로 1,000만 원 이상 수입을 올리는 작가들의 수는 하루가 다르게 급증하고 있다.

이미 미국에서 팔리는 전자책의 절반은 1억 부 판매를 넘긴 『그레이의 50가지 그림자』 같은 '에로티카'다. 에로티카는 성행위에 큰 비중을 둔 로맨스를 뜻한다. 인터넷이 가장 먼저 등장한 미국을 이끌어가는 동력 중의 하나는 성산업이다. 성산업은 인터넷이 등장하면서 날개를 달았다. 이제 모든 미디어가 성산업과 연결되어 위력을 발휘하기 시작했다.

하지만 이것이 변화의 끝이 아니다. 잡지 〈와이어드〉의 창간 편집자인 케빈 켈리는 〈와이어드〉 2호에 수록된 인터뷰에서 "책은 물체가 아니다. 그것은 지속해서 전개되는 논점이나 내러티브이고, 잡지는 아이디어나 시점의 집합체를 편집자의 시점을 통해 보여주는 것"이라고 주장했다. 저자나 편집자가 만든 하나의 논점이나 내러티브(스토리)야말로 책의 최소 단위라는 주장이다. 켈리는 같은 인터뷰에서 "웹에서 사람들의 주위 지속시간은 몇 분인 데 비해 책 한 권을 다 읽으려고 하면 10시간 이상이 필요하다. 그러나 지금까지 영화 한 편을 보는 시간에 다 읽을 수 있는 책은 별로 없다. 잡지의 기사보다 길고, 책보다는 짧은 것, 거기에 비즈니스 기회가 있다"고 예측했다.

이런 변화를 적용한 기획이 없지 않다. 은행나무가 젊은 감성을 위해 기획한 테이크아웃 소설 시리즈 '은행나무 노벨라'는 200자 원고지 300~400매 분량의 중편소설이 한 권이다. 카페에 앉아 커피 한 잔을 마시면서 두 시간짜리 영화 한 편을 보듯 간단히 읽을 수 있는 분량의 소설을 담아내기로 했다는 것이 기획의도다.

하지만 단순히 길이만 짧아진다고 되는 것은 아니다. 인간은 스마트폰으로 언제, 어디서나 모든 콘텐츠에 접근하고 있다. 앞에서 살펴보았듯이 그 콘텐츠에는 문자뿐만 아니라 영상과 음성도 포함된다. 이 모두를 일상적으로 한꺼번에 이용하기 때문에 텍스트부터 달라져야 한다. 따라서 앞으로 출판사는 이 모두를 아울러 제공하는 '콘텐츠 메이커'로 거듭나지 않으면 살아남기 어렵다. 〈닛케이 엔터테인먼트〉 편집위원인 시나타 히데오가 지적했듯이 1970년대는 TV 프로그램, 1980년대는 베스트셀러 소설, 1990년대는 음악 CD 밀리언셀러, 2000년대는 멀티플렉스의 등장과 영화 붐의 시대였다면 리얼리티가 필수인 지금은 유비쿼터스의 시대다.

지금 "언제든 어디서든 누구든 동일한 콘텐츠를 즐길 수 있는 시대가 실제로 열렸"지만 "누구나 접할 수 있는 것에 대한 가치가 상대적으로 낮아지는 데 비해, 지금만 여기서만 자신만 볼 수 있는 것에 대한 가치가 상대적으로 높아졌다." 또 "오늘날 히트할 수 있는 콘텐츠의 요건은 콘텐츠 자체는 많은 사람이 즐길 수 있지만, 어떤 이유에서 '내게 특별한 것'이 될 수 있어야 한다. 엔터테인먼트 콘텐츠를 예로 들자면 단지 '보는 것'만이 아니라 자신이 어떤 형태로든 '참가'할 수 있다면 특별한 것이 된다." 스토리텔링이 어느 때보다 중요해졌지만 스토리두잉storydoing이 대세가 되고 있는 것이다.

테라바이트, 페타바이트의 콘텐츠가 유통되는 시대에는 발견과 공감만으로는 사용자의 호응을 이끌어내기가 어렵다. 따라서 이제 '참가와 달성'이라는 단계까지 나아가야 한다. 음반시장이 망해버린 세상을 살아가는 가수들이 콘서트에 승부를 거는 것이 바로 그런 이유다. 더구나 콘텐츠에 새로운 감성이 담겨 있지 않으면 바로 사용자가 외면해버린다.

우치누마 신타로는 『책의 역습』(하루, 2016)에서 "맛집 가이드에서 실제로 그 음식점에 로그인한 사람이 별점을 주고 글을 남기게 한다거나 여행 가이드에서 방문한 장소의 해설을 단말기 카메라 너머의 AR(확장현실)로 표시된 캐릭터가 말해준다든가, 소설에서 그려진 마지막 장면의 장소를 실제로 방문하면 특별편으로 그 후일담을 다운로드할 수 있다든지 하는 것" 등의 라이브 사례를 제시하면서 책을 통한 '리얼로의 확장'이야말로 책의 한 가능성이라고 지적했다. 하지만 아직까지 책의 '라이브'는 강연이 주를 이룬다. 책의 판매가 수천 부에 그쳤지만 책 출간을 계기로 1년에 수백 회의 강연을 하는 사람마저 줄줄이 등장하고 있다.

시나타 히데오는 앞으로 대중의 지지를 받게 될 콘텐츠는 "자신의 에고를 초월하여 커뮤니티의 발전을 지향하는 단계, 쉽게 말하면 사회 공헌과 같은 것이다. 엔터테인먼트 업계에서도 사회 공헌적 요소가 중시되기 시작한 것은 분명하다"고 말한다. 그렇다면 책 시장은? 과거에는 남의 책을 적당히 베껴서 할인된 가격으로 팔아서 먹고산 출판인들이 적지 않았다. 심지어 그들은 단체를 결성해 폼을 잡기까지 했다. 이제 그런 이들이 꿈꾸는 세상은 지고 있다. 나는 최근 '연결성'과 '공공성'을 강조해왔다. 새로운 시각으로 공익적 가치를 가진 책을 만들지 않으면 살아남기 어려운 세상이다.

그뿐만 아니라 이제 출판콘텐츠가 살아남기 위해서는 플랫폼을 확보해 커뮤니티부터 만들어야 한다. 인터넷의 등장으로 말미암아 소수의 팬과 좀 더 밀접하게 교류할 수 있는 커뮤니티의 구축이 가능해진 만큼 전문 플랫폼 구축은 출판이 생존하기 위해서는 필수적으로 갖춰야 하는 일이 되고 있다. 최근 한 SNS 채널은 스타성 있는 예비 작가의 글을 몇 달간 올려서 구독자들과의 관계를 형성해 수십만 명이 구독하게 되자 그 작가의 글을 책으로 펴냈다. 이 책은 서점에 유통하지 않고 SNS 채널과 카페를 통해서만 한 달에 3만 부나 팔았다. 이런 일도 이제 시작일 뿐이다. 그러니 출판사는 10만 명, 1만 명, 1,000명의 팬과 밀접하게 연결하는 커뮤니티부터 갖출 필요가 있다. 그 커뮤니티는 유통마저 담당해줄 것이다.

물론 책은 텍스트부터 달라져야 한다. 이제 인간은 스마트폰으로 텍스트뿐만 아니라 영상과 음성마저 날마다 소비한다. 그런 사람들에게 어떤 텍스트를 제공해야 할까.『지적 대화를 위한 넓고 얕은 지식』이 한 가능성을 보여주었다. 이 책의 장점으로는 제목을 제외하고는 검색할 것이 별로 없다, 친구가 소곤소곤 이야기해주는 것 같아 암기할 필요가 없다, 이야기가 서로 연결되어 있다, 지식의 개인차를 느끼지 않아도 된다, 보고 듣고 읽는 사람 모두가 좋아할 만한 책이다, 인간이 알아야 할 기본적인 지식을 모두 망라하고 있다, 방대한 지식이 마치 나를 위해 압축해놓은 것 같다, 책을 읽고 이야기를 나눌 만한 친구들이 있을 것 같다, 절망적으로 좌절하는 젊은 세대들에게 진취적인 생각을 불어넣는다 등을 들 수 있다. 최근 5년간 책을 한 번도 읽어보지 않은 사람이나 전자책을 처음으로 구입하는 사람들도 이 책을 읽었다. 혹자는 이런 연성화된 지식을 경박단소하다고 말할 것이다. 그 말도 일면 타당해 보인다. 하지만 우리는 이런 지식이 먹히는 구조를 이해하는 일은 매우 중요하다.

지금 젊은 세대는 스마트폰 하나로 모든 일을 해결한다. 미래를 장담할 수 없어 불안해하는 이들 스마트폰 세대는 무엇이든 닥치는 대로 읽고 있으며 직접 통화하는 것보다 문자로 대화하는 것을 즐긴다. 문자를 쓰는 양도 엄청나다. 그들이 소비하는 문자를 활용하되 이야기성이 강한 텍스트가 아니면 과연 그들이 이해할 수 있을까. 물론 글과 영상과 음성은 서로 연결된다. 동일한 디지털 텍스트로 다양한 상품을 내놓을 수 있으면서 각각의 장점을 가진 상품도 내놓을 수 있어야 한다.

마지막으로 이 시대 독자의 책 소비 유형을 살펴보자. 중산층의 지식노동자들은 높은 수준으로 발달한 소프트웨어의 등장으로 설 자리를 잃어가고 있다. 그들은 자신만의 장점을 가진 텍스트를 생산할 능력마저 잃어가고 있다. 유아와 초등학생은 책을 가장 많이 읽는 독자층이었지만 그들이 이제 필독서(스테디셀러)에만 머물지 않고 있음을 보여준다. 소셜미디어에 가장 많이 노출된 중고생과 대학생은 책을 읽을 시간이 부족하다. 새로운 기회를 찾으려는 주부들은 상대적으로 책을 많이 읽는다. 문화센터 이용자들의 90%가 '공주'(공부하는 주부)인 것은 시사하는 바가 크다. 은퇴를 앞둔 베이비붐 세대 또한 은퇴 이후의 삶을 가꾸어갈 지혜를 간절하게 찾기 시작했다.

이를 압축하면 '이바쇼ぃばしょ'(居場所, 거처)를 찾지 못한 젊은층, 주부, 베이비붐 세대가 인문적 깊이로 포장된 실용적인 지식을 담은 책들을 열렬하게 찾고 있다. 2015년 상반기 출판시장을 휩쓴『미움받을 용기』,『지적 대화를 위한 넓고 얕은 지식』,『그림의 힘』(김선현, 8.0),『유시민의 글쓰기 특강』(생각의길),『어떻게 죽을 것인가』(아툴 가완디, 부키),『7번 읽기 공부법』(야마구치 마유, 위즈덤하우스) 등의 책들은 정신없이 빨려들어 읽을 수 있고, 힘겨운 삶을 이겨낼 지혜를 알려주고 있으며, 실생활에서 활용할 수 있거나 소통할 수 있는 지식을 담고 있다.

장기적인 불황의 늪에서 도저히 헤어날 기미를 보이지 않고 있는 세계 경제, 도무지 갈피를 잡지 못하는 정치, 1%가 99%를 지배하는 바람에 날로 심해지고 있는 불평등의 구조, 기후변화 탓에 날로 심해지는 환경재앙의 공포, 로봇과 고도의 소프트웨어(앱) 그리고 인공지능 및 사물인터넷 등으로 촉발되는 실업의 위협, 게다가 메르스 불안까지. 이런 시대에 인간은 당장 쓸모가 있고, 이야기성이 강하며, 지식이 아닌 지혜를 알려주는 인문적 실용서들을 열렬히 찾고 있다. 이렇게 독서시장의 흐름만 보아도 독자가 책을 찾는 욕구가 크게 변하고 있다는 것을 우리는 확인할 수 있다.

젊은 세대의
창조성에
기대를 걸어야 한다

2016년에 국내 영화로 유일하게 천만 이상의 관객을 동원한 영화 〈부산행〉은 좀비 영화의 형식을 빌려 위기에 빠진 한국 사회의 현실을 보여주었다. 부패한 관료들은 무능했고, 과도한 경쟁사회에서 허덕이던 개인들은 오로지 제 목숨만 생각했다. 2016년 7월에 교육부 고위 관료 나향욱은 〈경향신문〉 기자들과 저녁 식사 도중 "민중은 개·돼지"라거나 "신분제를 공고화해야 한다"고 발언했다. 이 발언은 영화 〈내부자들〉에서 한 언론사 간부가 한 발언이었다.

세상의 부조리에 맞서 싸우다
● ● ● ● ●

영화가 바로 현실 그 자체였다. 광우병, 세월호, 메르스, 옥시, 구의역 스크린도어 노동자 사망사고, 남양주 지하철 공사장 폭발사건, 강남역 여성혐오 살인, 수락산 등산로 살인 등 "한국 사회의 기존 합리성이 임계점에 도달했음을 알려주는 일련의 '이해할 수 없는' 사태들"이 연속해서 벌어졌다. 민심이 폭발하기 일보 직전에 박근혜 전 대통령이 최순실, 김기춘, 우병우 등과 벌인 국정농단의 실태가 세상에 알려지기 시작했다.

그럼에도 박근혜 정부는 진실을 모르쇠로 일관했다. 여소야대를 만든 4·13 총선의 민심을 무시하고 새누리당 이정현 친박지도부를 초청해 송로버섯과 샥스핀(상어 지느러미) 등으로 만찬을 벌였다. 우병우의 아들이 코너링 기술만으로 병역 특혜를 받았다는 의혹과 이화여대에 부정 입학한 정유라의 "돈도 실력이야! 니네 부모를 원망해"라는 과거 발언 등이 세간에 알려지자 국민의 분노는 결국 폭발했다. 국민들은 2016년에만 10회에 걸쳐 1,000만 명에 이르는 국민들이 촛불을 들고 '박근혜 하야'를 요구해 탄핵정국을 만들어냈다.

철학자 허경은 『그때는 맞고 지금은 틀리다』(길밖의길, 2016)에서 "세월호는 이미 그 자체로 헬조선의 축약도였다. 세월호가 헬조선이다. 아무 대책도 없이 가라앉는 헬조선, 자기들은 빠져나가면서 다른 사람들에게는 가만히 있으라고 방송을 해대는 헬조선에서, 우리는 가만히 있으면 모두 죽는다는 사실을 확실히 학습했다"고 지적했다. 광장의 촛불은 그런 '헬조선'에서 벗어나고자 하는 국민들의 분노를 고스란히 보여준다.

이런 일련의 사태는 출판시장에서 페미니즘 관련 책들이 인기를 끌게 만든 요인이 되었다. 이러한 흐름은 '강남역 살인사건'이 '여성혐오'인가 아닌가의 논쟁에서 촉발되기는 했지만, 실제로는 "산업화와 민주화 양자에 성공한 거의 유일한 나라"로 평가받았던 대한민국이 불평등이 고착화된 계급사회로 굳어지고 있는 것에 심기가 뒤틀린 사람들이 이 책들을 읽기 시작했다고 볼 수 있다. 덕분에 2016년에만 160여 종의 페미니즘 관련 책들이 출간(또는 재출간)되었고, 사회과학 분야의 베스트셀러 대부분을 차지했다.

2016년 3월에 벌어진 이세돌이 인공지능 '알파고'와 바둑을 두어 1승 4패로 진 이벤트는 인간이 기계와도 경쟁을 벌여야 하는 운명임을 직시하게 했다. 이로 말미암아 인공지능, 제4차산업혁명, 빅히스토리 등과 관련된 책들에 대한 관심이 매우 증가했다. 특히 "진화를 대표로 했던 교양과학서적 시장에 물리학이 돌풍"을 일으킨 것은 매우 긍정적인 현상이었다. 『김상욱의 과학공부』(2016), 김범준의 『세상물정의 물리학』(2015), 『이종필의 아주 특별한 상대성이론 강의』(2015), 안상현의 『뉴턴의 프린키피아』(2015, 이상 동아시아) 등 변화된 사회에 대한 날카로운 통찰을 담은 물리학자의 책들이 대중의 높은 반응을 얻어냈다. 이에 대해 교양과학자인 이정모 서울시립과학관장은 "'나를 작동시키는 시스템'과 '이 사회를 작동시키는 시스템'이 궁금하기 때문이다. 그들은 이 세상의 부조리를 교정하고 싶어한다"고 정리했다.

유혹의 그물망을 치는 것이 중요하다

●●●●●

　2016년 5월에 한강의 소설집『채식주의자』가 한국인 최초로 '맨부커상 인터내셔널'을 수상했다. 소설가 박상률이 "인간의 내면에 있는 폭력성(식물성, 죽음, 욕망 등의 다른 이름인)의 실체를 들여다보고자 하는, 작가의 집요한 글쓰기의 결과물"이라고 평가한『채식주의자』는 〈뉴욕타임스〉의 '2016년 최고의 책 10권'에 포함되었고, 서평 전문지 〈퍼블리셔스위클리〉, 블룸버그통신, 잡지 〈엘르〉, 온라인 매체 〈슬레이트〉 등 10여 매체에서 '올해의 책'으로 선정했다.

　수상을 계기로『채식주의자』의 인기가 폭발적으로 늘어나면서 광주민주화운동을 그린 한강의 장편소설『소년이 온다』(창비)와 한강의 신작『흰』(난다, 2016), 한강의 수상 직전에 출간된 정유정 장편소설『종의 기원』(은행나무, 2016) 등도 동반해서 인기를 끌었다. 7월에 출간된 조정래 장편소설『풀꽃도 꽃이다』(해냄)도 베스트셀러에 오르면서 2016년에는 모처럼 소설시장이 활기를 띠었다. 그러나 이런 인기가 침체되었던 소설시장의 활력을 완전히 회복시켰다고 보기는 어렵다. 2015년 표절 논란에 이어 2016년에 터진 문단 '성추행' 논란은 그나마 회복되던 문학시장의 인기를 급전직하로 추락시킨 주범이었다.

　페미니즘 관련서와『채식주의자』의 인기에서 확인된 것은 하이콘텍스트의 중요성이다. 2012년 이후 출판시장은 '책의 발견과 연결성'이 화두였다. 독자와의 관계성이 확보되지 않은 책은 즉각 독자의 관심에서 사라지는 일이 반복되었다. 독자는 전체를 통찰하기보다 자신의 관심을 강력하게 이끄는 임팩트가 강한 책을 찾기 시작했다. 블로그, 트위터, 인스타그램, 페이스북 등 소셜미디어가 점차 증가하면서 커뮤니케이션의 계층성이 강화된 것이 원인이었다. 독자의 관심이 빠져나갈 수 없는 '유혹의 그물망'을 친 다음 독자가 스스로 걸려들게 만드는 책 만들기와 마케팅이 매우 중요해졌다는 것을 확인해주었다.

인문시장의 최대 화두는 '자존감'이었다. 2015년에 『미움받을 용기』를 읽으며 욕을 먹더라도 열심히 살아보고자 했던 이들이 2016년에는 윤홍균의 『자존감 수업』(심플라이프, 2016)을 받으며 1%가 아닌 0.1%가 모든 것을 독식할 정도로 '불평등'이 더욱 심화되는 시대에서 마지막 자존감이라도 지키고자 노력했다.

도서정가제 개정(강화) 2주년을 맞이한 출판 유통시장에서 온라인서점은 매출이 회복되어 전체적으로 7% 내외로 늘었다. 반면에 학원용 교재의 학원 직접 판매와 EBS 교재의 득세로 인한 학습참고서의 침체, 학령인구의 감소와 누리교육 예산으로 촉발된 학교도서관 도서구입의 대폭 감소로 인한 아동·청소년 서적의 침체로 말미암아 중소형 오프라인서점은 매출감소에 시달려야 했다. 하지만 책뿐만 아니라 다른 상품도 판매하거나 커뮤니티를 형성하면서 지역문화운동도 함께 벌이는 개성 있는 독립서점이 많이 늘어난 것은 고무적이었다. 1년에 7만 종에 가까운 신간이 출간되는 마당이니 서점에서 주제별로 좋은 책을 골라주는 일, 즉 큐레이션의 중요성은 더욱 증대되고 있다. 그러나 국내 서점계는 대형 온·오프라인서점의 매대 판매로 말미암아 책의 다양성이 실종되고 있다는 문제를 안고 있다.

희망의 불을 밝히는 청년세대
● ● ● ● ●

2017년은 대통령 선거가 있는 해다. 1998년의 김대중 정부 출범부터 매번 새 정부 출범 직전에 큰 위기가 찾아왔다. 5년을 주기로 IMF 외환위기, 카드대란, 글로벌 금융위기, 세계 공황의 위기 등이 늘 우리를 엄습했다. 박근혜 전 대통령의 탄핵이 인용됨에 따라 급격하게 선거 정국으로 휩쓸려 들어가게 된 2017년의 대한민국은 이미 시계제로 상태다. 안보 무임승차론을 주장하고 한·미 자유무역협정이 미국 내 일자리를 죽이는 재앙이라는 주장을 펼친 트럼프가 통치하기 시작한 미국과 G1 시대를 열어가려는 중국의 눈치를 동시에 봐야 하는 우리로서는 정말 난국을 헤쳐나갈 특단의 대책 마련이 시급하다. 게다가 노골적으로 군사대국의 길을 가고 있는 일본과 제국의 부활을 꿈꾸고 있는 러시아의 발걸음도 만만찮다.

박근혜 국정농단의 치부가 완전히 드러났음에도 불구하고 기성 정치권은 권력 획득을 위한 복마전에만 관심이 쏠려 있다. 게다가 시장의 노예로 전락한 대학의 강단학자들은 눈치를 보느라 새로운 담론을 전혀 만들어내지 못하고 있다. 유일하게 기대를 걸 수 있는 것은 스스로 문제를 해결하려는 자세를 보이는 청년세대다.

2016년 말에 우리는, 자신의 욕망을 대리 수행하는 대리인간을 양산하는 세상을 거부하고 주체적 인간으로 거듭나려는 모습을 보여준 김민섭의 『대리사회』(와이즈베리, 2016), 공부를 하려면 빚쟁이로 전락할 수밖에 없는 실태를 적나라하게 고발한 '청년 빈곤과 채무에 관한 보고서'인 천주희의 『우리는 왜 공부할수록 가난해지는가』(사이행성, 2016), 혐오와 리셋의 감정이 분출하고 있는 한국 사회의 민주주의를 깊이 있게 분석하면서 밝은 미래를 만들 방법론을 찾아내고 있는 엄기호의 『나는 세상을 리셋하고 싶습니다』(창비, 2016) 등이 보여준 청년세대의 '창조성'에서 일말의 희망을 엿볼 수 있었다.

광복 이후 70년 이상 책 시장에서는 언제나 산업화 세력과 민주화 세력이 맞부딪히며 힘겨운 삶을 살아가는 모습을 보여주는 책들이 인기를 끌었다. '88만원 세대'가 출현한 이후에는 젊은 세대의 정치적 무관심에 대한 비판이 적지 않았다. 2012년에 '멘붕'이라는 신조어가 등장한 이후에는 '헬조선', '금수저' 등의 담론이 연속으로 등장하면서 패배주의적 시각마저 엿보였다. 하지만 정작 정치에 무관심한 것은 기성세대였다. 그들은 늘 기득권을 지키기에만 급급했다. 하지만 촛불 정국에서는 수많은 젊은이가 '정덕(정치덕후)'으로 맹활약했다. 심지어 초중고의 학생들마저 자유발언에서 만만치 않은 현실인식과 대안을 제시해 모두를 놀라게 했다. 따라서 2017년에는 우리 사회가 전근대성을 극복할 수 있는 담론을 다양하게 생산할 수 있을 것이라는 가능성이 커지고 있다.

지금 우리 사회의 가장 큰 문제는 10대의 미래가 불투명하다는 점이다. '불안감'의 수위는 최고로 치솟았다. 인공지능과 경쟁해야 할 한 치 앞도 내다볼 수 없는 10대뿐만 아니라 그들의 부모와 조부모 세대 등 전 세계가 불안의 근원을 제대로 파악한 것이 2016년의 최대 성과였다. 이제 2017년에는 진정한 인간성을 회복하려는 이야기가 등장할 것이다. 젊은 세대의 새로운 상상력이 분출할 2017년에는 출판 시장의 활성화를 기대해도 좋을 것이다.

3대(代) 불안과
형제 리스크,
그리고 뜨거운 분노

나는 '권독사(勸讀司)' 제도를 만들겠다고 했다. 은퇴한 지식인, 교육인들, 책 읽기를 일상으로 누리는 교사들, 주부들을 도서관의 봉사요원으로, 책을 설명하고 책 읽기를 안내하는 '권독사'로 모시자는 것이다. 생애 동안 연구하고 읽은 책을 기증하는 연구자, 학자, 교수들도 '권독사'로 모실 수 있을 것이다. 하나의 문화운동, 정신운동이 될것이다. 젊은이들에게 책을 이야기해주고, 책 읽기를 권유하는 새로운 문화운동, 정신운동이 '지혜의 숲'과 함께 펼쳐질 것이다.

이것은 내가 '종이무덤'이라고 비판한 '지혜의 숲'을 만든 이의 책에 나오는 이야기다. 권독사란 말이 그럴듯하다. 언론사가 국가가지원하는 인턴기자를 동원해 인건비를 줄이고, 대학이 비정규직으로 수업을 때우는 세상에서 이런 발상 자체를 탓할 수만은 없다. 어쨌든 지혜의 숲은 처음에 "100만 권의 책을 갖춘 24시간 개방의 열린 도서관"을 자랑했다. 문만 열어놓는다고 '열린 도서관'이 되는 것이 아니다. 호텔의 라운지에 해당하는 일부분만 문을 여는 것은 맞다. 그러나 독자가 책이 어느 곳에 있는지 알 수가 없으면 그것은 닫힌 것이나 마찬가지다.

결국 종이무덤이 책은 공짜로 기증받고, 권독사로 유혹한 사람들에게 운영을 맡겨 관리 비용을 대폭 축소하면서 카페와 호텔의 운영 수입을 올려보자는 얄팍한 수작에 불과하다는 것이 만천하에 드러났다. 그런데도 많은 언론이 이 사기술을 찬양했다. 진보를 자처하는 한 언론은 말을 바꿔가며 이런 사기 행위를 극찬했다. 이런 사기 행위를 기획한 사람이나 이런 행위에 동조한 '은퇴한 지식인'들은 성공의 경험이 있다. 급격한 산업화의 과정에서 그들은 일자리를 걱정할 필요가 전혀 없었다. 양식이 있는 지식인은 늘 부족했고, 어떤 방향에 서는가만 중요했다. 출판 분야에서는 '좌파 상업주의'라는 말이 나돌기도 했다. 독재권력을 비판한다는 포장만 입혀 출간한 책이 판매금지 서적이 되기만 하면 기본부수가 소화되던 시절이 있었다. 그러니 이들에게 구체적인 매뉴얼이 있을 리 없었다. 그들이 펴낸 사회과학 서적이 담은 내용을 실천하고자 하는 노력은 찾아보기 어려웠다.

형제 부양까지 생각해야 하는 상황

• • • • •

물론 그들도 도서관과 서점의 중요성을 목청껏 노래 부른다. 하지만 그들이 말하는 도서문화란 기껏해야 자신의 책을 구입해주는 일에 불과하다. 도서관을 드나드는 사람들에게 무엇이 필요한지를 알아서 제대로 제공하려는 마음은 추호도 없다. 왜냐고? 그들은 이렇게 중요한 일에는 오로지 국가가 예산을 투입해야 한다고 믿기 때문이다. 처음에 국가의 지원을 받아 20만 권만으로 문을 연 지혜의 숲이 이후에 전혀 시설을 확충하지 않은 것을 보면 그들의 '운동'은 오로지 국가의 지원을 받기 위한 눈속임에 불과했음을 알 수 있다.

그들이 그렇게 눈속임만으로도 적당히 떵떵거리며 살 수 있었던 것은 세월이 좋았기 때문이다. 그러나 그 자식세대에 해당하는 '이케아 세대'는 어떤가? 전영수의 『이케아 세대 그들의 역습이 시작됐다』(중앙북스, 2013)에 따르면 이들은 부모의 재력을 바탕으로 단군이래 최고의 스펙을 쌓았다. 1978년을 전후로 태어난 이 세대는 해외여행이나 어학연수, 유학 등을 통해 해외문화에 익숙하고 높은 안목을 지니고 있지만, 스펙 대비 낮은 몸값에 팔려나가거나 단기고용으로 인해 삶의 중간단계에서 헤매고 있으며, 미래를 계획할 수 없는 처참한 삶을 살아가고 있다.

비정규직으로 지내다 보니 수입이 넉넉하지 않은 그들은 2년마다 거처를 옮기면서 디자인은 좋지만 내구성이 약해 이사할 때 버려도 그만인 이케아 가구를 구입한다. 이케아 가구는 값이 싸고 매력적인 디자인은 물론 가격에 비해 품질이 좋지만, 미완성의 제품이라 직접 조립해야 하는 수고로움이 있고, 먼 미래를 내다보고 구입하는 가구가 아니다. 전영수는 이런 이케아 가구를 닮은 세대에 '이케아 세대'라는 별칭을 붙였다. 이케아 세대는 이들이 "결혼도 힘들고 아이 낳을 용기도 없다. 이케아 세대의 슬픔이 목에 찼다. 이젠 슬픔을 넘어 포기 단계다. (중략) 계속되는 고용불안과 미래에 대한 절망은 한층 무겁게 이들의 삶을 억누른다"고 지적했다. 미래를 장담할 수 없는 그들은 '취업-연애-결혼-출산-양육'이라는 정규 코스를 거부하고 그저 "지금 이 순간 잘 사는 것"을 선택했다.

하지만 모두 그런 것은 아니다. 부모의 지갑이 두꺼운 이들은 결혼해서 자식을 낳았다. 그 자식 세대가 이제 10대 이하의 아이들이다. 문제는 이제부터다. 이케아 세대는 부모의 조언과 경제력이라도 있었기에 최고의 스펙을 쌓을 수는 있었지만, 성공 경험이 없는 이케아 세대가 자식에게 조언해줄 것이 있을 리가 없다. 게다가 10대 이하의 세대가 살아갈 세상은 인공지능 시대다. 이제 인간의 경쟁자는 인간이 아니라 기계(컴퓨터)다. 이미 중산층의 일자리는 소프트웨어로 대체되고 있는 마당이니 자식에게 아무런 조언을 해줄 수 없는 그들은 심하게 흔들리고 있다.

성공 경험이 있는 부모들도 급격하게 무너지기 시작했다. 아무리 재력이 있어도 세월을 이겨낼 수는 없다. 고령화가 급격하게 진행되면서 65세 이상의 노인은 열 명 중 한 사람이, 85세 이상의 노인은 둘 중 하나가 치매에 걸린다. 치매 노인이 100만 명이 넘는다 해서 '치매 사회'라고 부르자는 이도 있다.

일본에서는 젊은이들에게 부모의 둥지에서 기거한다 해서 '캥거루족', 기생충처럼 부모에게 붙어산다 해서 '패러사이트족', 취업할 의욕도 공부할 의욕도 갖지 않는다 해서 '니트족', 프리랜서로 아르바이트나 한다 해서 '프리터족' 등 그리 좋지 않은 별명을 붙였다. 그리고 대졸 임금의 10분의 1밖에 벌지 못하는 사람들을 '하류 사회'라 부르기도 했다. 담뱃값이나 벌면서 부모에게 얹혀사는 모습이 너무나 비참해 '비참 세대'로 여겨지기도 했다. 비록 은둔형 외톨이(히키코모리)로 지내기도 하고 부정적인 별명이 줄줄이 붙을지언정 그들의 삶이 최악이었던 것은 아니다. 그러나 이제 그들의 부모들이 줄줄이 죽음을 맞이하기 시작했다.

그래서 우려되는 것이 '형제 리스크'다. 히라야마 료와 후루카와 마사코가 함께 쓴 『나는 형제를 모른 척할 수 있을까』(어른의시간, 2016)는 미혼인 누나, 비정규직 여동생, 부모의 자산을 낭비하는 형 등 미혼화나 고용의 불안정으로 자립하지 않고 기댈 가족도 없는 '형제'가 늘고 있는 가운데, 부모의 사망으로 형제 부양이 커다란 사회문제로 떠오르고 있다고 경고하고 있다. 일본은 이미 남성의 30%, 여성의 20%가 평생 결혼을 한 번도 하지 않는 '생애미혼' 시대를 맞이했고, 비정규직 노동자의 비율이 40%를 넘어섰다. 과거에는 그래도 가족과 회사가 나름대로 사회의 안전망이 되어주었지만, 안전망이 사라진 지금은 부모가 죽으면 형제는 보살펴줄 사람이 없는 천애고아가 되고 만다. 따라서 부모 부양뿐만 아니라 형제 부양과 장래를 생각해야만 하는 심각한 상황에 빠져들고 있다.

자조가 아닌 공조를
● ● ● ● ●

나이 든 부모의 부양은 그래도 기간이 한정적일 수밖에 없다. 그러나 동세대인 형제의 부양 기간은 길다. 저출산이 심각한 시대인 만큼 한 사람이 가족 내에서 유일한 차세대인 경우도 많아서 한 명의 아이가 삼촌, 이모의 장래도 짊어지게 될지 모른다. 부모라는 방파제가 무너진 것은 쓰나미가 바로 휩쓸어버리는 것이나 마찬가지다. 이만한 총체적 불안이 어디 있을 것인가.

부모 세대와 자식 세대에 이어 손자 세대까지 미래를 점칠 수 없는 총체적 불안이 우리의 의식을 지배하기 시작했다. 이런 사회를 누가 만들었는가. 신자유주의 경쟁을 탓하기에는 너무 늦었다. 이제 우리는 분노부터 할 줄 알아야 한다. 분노에는 '차가운 분노'와 '뜨거운 분노'가 있다. 차가운 분노는 여전히 나와 가족만의 안위를 생각하는 이기적인 차원의 분노다. 뜨거운 분노는 세상을 완전히 뜯어고치겠다는 현실적인 분노다. 이런 분노를 할 줄 아는 사람들이 믿는 구석이 있을 것인가.

세상은 여전히 개인의 유능함과 조직의 성과나 효율에 기대를 걸고 있는 듯하다. 그러나 썩어서 악취가 진동하고 망해가는 대학에서는 우리 사회를 바람직하게 이끌어갈 미래담론을 만들어내지 못하고 있다. 그들은 비정규직 교원을 쥐어짜서 버티는 데 급급할 뿐이다. 야합밖에 할 줄 모르는 정치판에 기대할 것이 있겠는가. 비판 기능을 상실한 채 마녀사냥에만 열을 올리는 언론 또한 벌써 무용지물이 된 지 오래다. 문화판은 선정주의만 판치고 있다. 한국 재벌 경영자의 85%는 선대로부터 부를 승계한 사람들이다. 그들이 챙기는 것은 오로지 가족뿐이다. 심지어 롯데그룹의 예에서 드러나듯 자기들끼리 싸우느라 소비자나 국민은 안중에도 없다. 믿을 것은 없다. 정말로 하나도 없다.

모든 장막을 잃어버리고 총체적인 불안에 시달리고 있는 개인은 이제 시베리아 벌판에 살고 있는 것과 같다. 차가운 세상에서 살고 있는 사람들이 기대하는 것은 따뜻함이다. 성냥팔이 소녀의 성냥불 하나가 많은 사람을 살릴 수도 있다. 벌써 엘리트 지식인이 일방적으로 떠드는 관념적인 이야기는 전혀 먹혀들지 않는다. 따라서 자조自助가 아닌 공조共助를 통해 함께 만들어낸 따뜻한 이야기, 그것이 던져주는 '공감'의 중요성이 커지고 있다. 나는 혈연 가족을 뛰어넘는 사람들이 모여서 형성한 새로운 공동체가 제시하는 경험담이 세상을 바꿀 것이라 믿고 있다.

그래서 나는 숭례문학당과 연대하여 『이젠, 함께 읽기다』(2014), 『이젠, 함께 걷기다』, 『이젠, 함께 쓰기다』(2016, 이상 북바이북)를 출간했다. 이 책의 저자들은 함께 노는 것을 즐긴다. 서로의 부족함을 알기에 체온에 차이가 나면 서로 손을 맞잡을 줄 안다. 그들은 구성원 각자의 생각을 존중한다. 운동을 하고 있다고 국가의 지원을 요구하지도 않는다. 그저 상대를 품에 안아 서로의 온도를 맞추려는 노력을 일상화할 뿐이다. 아마도 이런 노력만이 앞으로 우리 사회를 근원적으로 바꿀 수 있을 것이다. 나는 정말 그렇게 믿고 있다.

고통은
진통제로
잠시 잊을 뿐

　"우리는 99%다!"라는 슬로건이 등장한 '월가시위' 직후인 2011년 말, 〈동양경제〉 송년호 특집 '2012년 대예측'에서는 다섯 가지 주요 테마 중 하나로 '커지는 격차'를 선정했다. '월스트리트를 점령하라'는 시위 사진을 배경으로 제시된 이 테마의 기사 제목은 「양극화가 심해지는 미국사회 3명 중 1명은 빈곤층으로」였다.

　"1970년대에 미국의 65%를 차지하던 중산층이 2007년도에는 20% 이하로 격감"하고 "부유층과 빈곤층이 각각 2배로 확대"되었다는 사실이 적시되어 있는 기사에서는 "미연방 국세國勢조사국이 밝힌 신빈곤 기준에 따르면 3명 중 1명이 빈곤층이거나 빈곤예비군"이라고 밝혔다.

　그로부터 5년이 지났다. 최근 미국사회의 가장 큰 화두는 '불평

등'이었다. 자본수익률은 경제성장률을 웃돌고 있고, 소득과 부의 불평등은 21세기에 더욱 확대되고 있으며, 격차를 막기 위한 세계적인 누진과세가 필요하다는 세 가지 포인트로 요약되는 토마 피케티의 『21세기 자본』(글항아리, 2014)이 등장한 이후 불평등에 대한 논의는 더욱 심화되었다.

50년간 부의 분배와 사회 불평등 문제에 천착해온 앤서니 B. 앳킨슨은 『불평등을 넘어』(글항아리, 2015)에서 "불평등과 가난은 힘(권력)에 관한 문제이며 무엇보다 무력감과 절망의 문제"라고 단언했다. 그는 "기술변화와 세계화라는 쌍둥이의 힘, 즉 선진국과 개발도상국들의 노동시장을 근본적으로 바꿔놓고 임금 분포에서 격차 확대를 초래하는 힘"에 초점을 맞추고 있다.

'알파고 이벤트'에서 보듯 이제 일자리 문제는 '불평등의 경제학'이 아무리 분석해도 해결하기 어려울 것이다. 가령 콜센터 직원의 문제만이라도 살펴보자. 미국의 기업들은 애프터서비스를 해준다. 애프터서비스를 해주려면 콜센터에 접수해야 한다. 미국의 기업들은 인건비가 싼 인도나 필리핀의 가난한 여성들을 현지에서 콜센터 직원으로 고용했다. 그 바람에 미국의 일자라는 줄어들 수밖에 없었지만, 인도나 필리핀은 그런대로 잠시 특수를 누릴 수 있었다.

기술변화와 세계화의 충격
● ● ● ● ●

그러나 기술의 발달이 이마저도 바꿔놓고 있다. 『김대식의 인간vs기계』(동아시아, 2016)에서는 다음과 같이 설명한다.

미국의 많은 기업들이 인도나 필리핀으로 지사를 내죠. 대기업의 콜
센터들을 합치면 수십만 명이 근무하는 것으로 알려져 있습니다. 하
지만 기계가 동시에 수백만 명과 영어로 대화할 수 있다면 수십만 개
의 일자리는 하루아침에 없어집니다. 인간은 항상 현재만 생각하기
때문에 미래에도 현재하고 좀 비슷하지 않을까 하고 착각을 하는 경
향이 있습니다. 만약 콜센터에 30만 명이 일하고 있다고 생각했을 때
내년에 아무리 경기가 나쁘더라도 28만 명 혹은 20만 명 정도로 예
측하겠지요. 하지만 30만 명에서 한순간에 0명이 될 수도 있습니다.

기술 변화와 세계화의 충격을 통해 빈곤이 심화되면서 나타난
현상을 우리는 트럼프와 샌더스의 인기로 파악할 수 있다. 트럼프
에 열광하는 것은 '예외주의'가 심화되었음을 보여준다. 예외주의
는 건국 경위부터 특별한 나라인 미국이 세계 리더로서 모든 면에
서 다른 나라들을 원조하고 계몽해나가야 한다는 것을 일컫는 말로,
1830년대 미국을 면밀히 관찰한 프랑스 사회학자 알렉시 드 토크빌
이 처음 사용했다.

조지 부시 전 대통령 시절 공화당 네오콘(신보수주의자)이 신봉하
며 대외 정책에 활용하기도 한 '예외주의'는 미국인에게는 민족적
자부심을 나타내는 말이지만, 다른 나라 사람들은 '미국 우월주의'
로 받아들일 수밖에 없다. 예외주의는 '미국 편이 아니면 적'이라는

이분법적 시각으로 드러나기도 했다. 지구를 구하는 것은 언제나 미국이라는 할리우드 영화처럼 말이다.

2012년의 선거 국면에서는 『어디에도 없는 유일한 나라^{A Nation Like No Other}』(2011)의 저자이자 정치인인 뉴트 깅리치가 정치, 외교, 비즈니스 분야에서 앞으로도 압도적인 리더 역할을 해야 한다는 주장을 펼쳐 잠시 재미를 봤다. 그러나 그는 공화당의 경선에 나섰다가 개인적인 추문으로 중도에 하차할 수밖에 없었다. 그리고 2016년 미국 대선에서는 그보다 더 미국만의 이익을 추구하고 저질 발언을 일삼는 트럼프가 공화당의 후보로 당당히 결정되었다.

샌더스는 민주당의 후보로 나서서 열풍을 일으켰다. 김경집은 〈경향신문〉 칼럼 「함께하면 이긴다!」(2016년 2월 18일 자)에서 "샌더스의 등장은 돌풍이 아니라 혁명"이라고 했다. 하지만 샌더스의 열풍도 한계를 드러냈다. 그의 지적을 좀 더 들어보자.

> 자본의 탐욕과 권력의 욕망이 빚어낸 사회악을 깨뜨려야 한다. 그는 과도한 소득 불평등을 가장 핵심적 사회악으로 본다. '모두가 충만하고 품위 있는 삶을 누릴' 수 있어야 한다. 그런데 소득 불평등은 그것을 포기하게 만든다. 사람들은 체념했다. 그런데 '버니 아저씨'는 맞서 싸워야 한다고 말한다. 그게 진정한 혁명이라고 말한다.

우리도 문제다. 4·13 총선의 결과가 많은 사람에게 조금의 희망을 품게 했지만 다시 한심한 현실이 이어졌다. 박근혜 정부는 세계를 누비며 오로지 '북핵 해결'에만 열을 올렸다. 구의역 스크린도어 작업자 사망사고, 남양주 지하철 공사장 폭발사건, 강남역 여성혐오 살인, 수락산 등산로 살인 등 사회적 병리를 드러내는 사건들이 줄지어 터져 나왔지만 일언반구도 없었다. 우리의 삶이 처절하게 무너지는 것에는 아랑곳하지 않았다. 그러니 국민의 고통은 날로 가중되었다.

정제혁 〈경향신문〉 기자는 칼럼 「보수정권 9년의 적폐」(2016년 6월 3일 자)에서 "보수정권 9년을 거치면서 사회는 한층 천박하고 비열해졌다. 염치를 잃은 사람들은 오늘도 '완장질'을 하며 피해자를 가해자로, 가해자를 피해자로 둔갑시킨다. 공동체는 붕괴되었고, 사회는 더 위험해졌다. 경제 사정은 나빠졌고, 일자리는 줄었으며, 남북관계는 악화되었다. 민주주의는 후퇴했고, 언론의 자유는 퇴보했다. 청년들은 미래 없는 삶을 살고 있다. 지난 9년간 무엇 하나 좋아진 것이 없다. 사회는 폐허가 되었다. 그 폐허에서 정직하고 죄 없는 사람들이 오늘도 죽어가고 있다"며 지금의 현실을 개탄했다.

이런 사회에서 우리는 희망을 찾아낼 수 있을까. 이미 우리 사회는 돈, 권력, 명예, 학문 등 모든 의지적 욕망을 발산하기 어렵다. 황교안 국무총리, 안대희 전 대법관 등 전관예우로 떼돈을 번 사람들이 권력과 명예마저 누린다. 경제가 발달한다 해도 기술이 일자리를 앗아가니 빈곤에서 벗어날 희망이 없다. 유일한 희망이 '기본소득'일지 모르겠다. 그렇게 주어지는 몇 푼으로 목숨을 겨우 부지하면서 즐거움을 누려야 할지 모르겠다. 본원적인 욕망 중에서도 돈이 없으니 성욕은 충족시키기 어렵다. 그러니 오로지 식욕뿐이다. 그래서 '먹방'에 이어 '쿡방'이 인기를 끌었지만 이제 그마저도 시들해졌다. 2016년에 '집방'이 뜰 것이라고 예측되었지만 청년 커뮤니티 '사이랩4.2Lab'의 등장에서 알 수 있듯이 청년 평균 주거공간이 4.2평인 세상에서 '집방'이 뜨기에는 한계가 있을 수밖에 없다.

상처받지 않는 삶을 위해
● ● ● ● ●

이제 인간은 오로지 스스로 '고통'을 줄일 수밖에 없다. 공감, 칭찬, 지지를 기대하지만 어디 그게 쉬운 일인가. 승려인 마티유 리카르는 『상처받지 않는 삶』(율리시즈, 2016)에서 "아무리 수백만 년 지속된 칠흑 같은 어둠이라 할지라도 작은 등불을 밝히는 순간 저절로 물러가듯이, 오류는 어둠이고 진리는 빛과 같습니다. 원인 해결이 가능하다면 그다음 단계로 해결법을 행동에 옮겨야 합니다. 이것이 네 번째 귀한 진리에 해당하는 내용입니다. 이 네 번째 진리는 무지에서 앎으로 가는 길, 구속에서 자유로 가는 길, 고통에서 기쁨으로 가는 구체적인 길을 제시하고 있습니다"라고 말했다. '네 가지 귀한 진리' 중 다른 세 가지는 고통의 진리, 고통의 원인, 고통이 불치병이 아니라는 것이다.

그는 "고통에서 벗어나기 위해 가장 먼저 할 일은 솔직하게 원인을 찾는 것", 즉 "고통을 초래하는 생각과 말과 행동이 무엇인지를 파악해야 한다"고 말한다. 그 원인을 찾았을 때 우리는 바로 행동으로 나아갈 수 있을까. 그것은 쉽지 않다. 그러니 스스로 치유하는 길밖에 없다. 마티유는 그를 "내면의 자유가 승리하는 길"이라고 말한다.

"우리에게는 불쾌한 상황을 침착하게 감당할 만한 충분한 능력이 있습니다. 물컵에 소금을 한 숟가락 넣으면 도저히 마실 수 없는 물이 되겠지만, 호수에서라면 어떨까요? 호수의 물맛은 전혀 변하지 않습니다. 내 역량이 호수처럼 커지면 작은 불쾌함은 나를 괴롭히지 못"한다는 것이 그의 주장이다.

같은 책에서 정신과 의사인 크리스토프 앙드레는 "고통을 겪는 사람이 바라는 것은 딱 하나", 즉 "고통을 끝내는 것"이라고 말한다. "그래서 교훈적인 이야기를 받아들일 자세가 되어 있지 않습니다. 이들이 당장 바라는 것은 진통제입니다. 사랑, 관심, 배려, 기분 전환을 기대합니다." 그러니 그는 이렇게 충고한다.

> (고칠 수 없는 병을 앓고 있는) 아들의 곁을 지켜주세요. 그리고 당신이 얼마나 사랑하는지를 보여주세요. 병을 고쳐줄 수는 없지만 변함없이 사랑한다는 걸 느끼게 해주세요. 아들의 있는 모습 그대로 받아들이세요. 현재로서는 당신이 할 수 있는 일은 그것입니다.

지금 세계는 불평등이 심화되어 느슨한 계급사회가 형성된 느낌이다. 가진 것이 없는 사람은 올라가려 해도 사다리가 사라져 올라설 수가 없다. 경제가 아무리 발달해도 일자리가 찾아지는 것은 아니다. 게다가 고도의 소프트웨어가 나날이 등장하는 바람에 추락하는 중산층은 더욱 늘어나고 있다. 앞으로 고통이 줄어들 여지는 전혀 없다. 이제 우리에게 필요한 것은 오로지 고통을 일시적으로 잊게 해줄 '진통제'뿐이다. 그것은 나에게 손을 내밀어 주는 단 한 사람의 "사랑, 관심, 배려, 기분 전환"이다.

그동안 셀프힐링에 빠져보기도 하고, 감동에 젖어보기도 했다. 그러나 과연 효과가 있었는가. '필론의 돼지'처럼 태풍이 불거나 말거나 잠만 잘 수는 없는 일. 이제 나를 이해해주는 단 한 사람의 손을 잡을 필요가 있다. 물론 자신도 손을 내밀 줄 알아야 한다. 그렇게 하나둘 손을 잡다 보면 세상을 바꿀 수 있을까. 쉽지 않겠지만 그 길밖에 없으니 어쩌겠는가. 참고로 '철학자, 스님, 정신과 의사가 들려주는 따뜻한 위로'라는 부제가 붙어 있는 『상처받지 않는 삶』은 프랑스에서 2016년 1월 테러가 발생했을 때 종합 베스트셀러 1위에 올랐다.

지금 책 시장에서는
어떤 유형의
여성이 통할까

피오나와 미나리가 마흔의 연애와 결혼을 다룬 『혼자여도 괜찮을까?』(다온북스, 2015)를 읽었다. 내가 트렌드에 관한 글을 쓰는 출판평론가가 아니었다면 이런 책을 읽으려고나 했겠는가. 물론 40대 여성과의 연애라도 꿈꾸고 있다면 당연히 읽었을 것이다. 더구나 이미 일본에서 화제가 되었던 '아라포'(마흔 즈음, Around Fourty의 일본식 조어)에 대한 글을 여러 차례 쓴 적이 있지 않은가.

아프레걸의 탄생
· · · · ·

2000년대 중반이었다. 한 일간신문에서 젊은 여성작가들의 소설을 연재하기 시작했다. 자초지종을 알아보았더니 젊은 독자를 확보하기 위한 전략의 일환이라고 했다. 원로작가와 중견작가만을 소개하면 젊은 독자들의 관심을 끌 수가 없으니 젊은 여성작가들의 소설을 실어보기로 했다는 것이다. 그중 하나가 정이현의 『달콤한 나의 도시』(문학과지성사, 2006)였다. 이 소설의 주인공은 이제 막 직장생활 7년 차에 접어든 서른한 살의 오은수였다. 그러나 이 소설은 젊은 여성들보다 30대 여성과의 달콤한 로맨스를 꿈꾸는 50대 남성들에게 더 많이 읽혔다고 한다. 어쨌거나 소설의 주인공은 그 시대를 웅변한다. 토마 피케티가 자신이 확보한 빅 데이터를 활용해 『21세기 자본』을 집필할 때도 19세기 발자크나 제인 오스틴의 작품과 20세기 오르한 파묵의 소설 등을 인용하며 인간의 자본주의적 삶에 대한 통찰을 내놓지 않았는가. 그러니 우리는 소설을 통해 시대를 읽어볼 수 있다.

전후허무주의가 지배하던 1950년대는 '아프레걸'이 떴다. '아프레걸'은 전후戰後를 뜻하는 프랑스어 '아프레 게르apres guerre'와 소녀를 뜻하는 영어 단어 '걸girl'을 합성한 조어로, 향락과 사치와 퇴폐를 상징했다. "자유분방하고 일체의 도덕적인 관념에 구애되지 않고 구속받기를 잊어버린 여성들"로 '성적 방종'의 의미도 내포하고 있다. 대표적인 이가 정비석의 소설 『자유부인』의 주인공 오선영이다. 대학 국문학 교수 장태연의 부인인 오선영은 정숙한 가정주부였다. 이 여자가 남편의 제자인 신춘호와 춤바람이 나면서 가정은 파탄 위기에 처한다. 하지만 결말은 싱겁다. 신춘호가 자신의 조카(오선영 오빠의 딸)와 결혼하여 미국 유학을 떠나자 잠시 선망, 유혹, 질투, 울

분으로 탈선과 좌절, 실의에 빠져 있던 오선영은 장태연의 이해와 아량으로 잘못을 뉘우치고 가정으로 돌아온다. 그런데도 서울법대 황산덕 교수는 정비석 작가를 "중공군 50만 명에 해당하는 조국의 적"이라고까지 격렬하게 비판했다.

1950년대의 다른 아프레걸로는 『슬픔이 강물처럼』의 저자인 최희숙을 들 수 있다. 작가의 분신이라고 할 수 있는 소설의 화자인 제니는 여러 남자와 아슬아슬한 키스와 애무를 해대는 애정편력을 담은 원색적인 고백을 해댄다. 요즘이야 온갖 섹스가 등장하겠지만 그때는 키스와 애무만으로도 충분했다. "당신이 이불과 요를 깔아줍니다. 방이 따뜻합니다. 아무 소리도 없는 당신… 내가 비스듬히 누웠습니다. 아무런 마음의 자존심도 방어도 없이 당신을, 서 있는 당신을 보았을 때 당신이 제니의 목을 껴안고 참을 수 없었던 기다림으로 오래도록 정말 오랫동안, 제게 최초의 입술을 강렬히, 엄청나도록 야성에 불타 비비었던 거예요." 그러나 최희숙은 이 소설 때문에 이화여대를 그만두어야 했다.

호스티스의 등장

• • • • •

'이데올로기'가 시대적 화두였던 1960년대에도 여전히 아프레걸이 떴다. 이 시대를 대표하는 아프레걸은 『머무르고 싶었던 순간들』의 박계형이다. 고려대 영문과 4학년이던 박계형은 1964년에 TBC(동양방송) 라디오 개국기념 현상모집에 『머무르고 싶었던 순간들』이 당선되어 화려하게 등장했다. 자궁암으로 죽어가는 32세 여인의 회고담 형식을 띤 이 연애소설은 모든 추억이 오로지 '연애'로만 귀결된다. 윤희와 성호는 집안끼리 잘 알아서 한집에 사는 바람에 어려서부터 서로 사랑한다. 성호가 고등고시에 합격해 둘은 결혼하여 두 아들을 두지만, 윤희가 그만 자궁암에 걸려 죽게 된다. 이는 전형적인 멜로드라마로 모든 등장인물은 사랑밖에 할 줄 모른다.

박계형은 대학교 2학년 때 한 여대생의 타락한 생활을 그린 『젊음이 밤을 지날 때』를 발표해 이미 작가로 데뷔한 상태였다. 자기 집에 하숙했던 한 여대생을 모델로 하여 상상력을 동원해 쓴 이 소설은, 출판사의 요청으로 '발가벗기는 내용'으로 고쳐 쓰는 바람에 "어린 여대생이 어떻게 그런 것을 쓸 수 있느냐"는 비난을 받았다. 그러나 이 소설이 큰 인기를 끈 덕분에 이후 박계형은 10여 년 동안 40여 편의 장편소설을 발표할 수 있었다.

'산업화'가 급격하게 진행되던 1970년대에는 아프레걸이 사라졌다. 대신 최인호의 『별들의 고향』(여백), 조선작의 『영자의 전성시대』, 조해일의 『겨울 여자』 등 이른바 '호스티스 소설'에 등장하는 호스티스들이 떴다. 급격하게 산업화가 진행되고 접대문화가 조성되는 과정에서 여성의 상품화 현상이 새롭게 부각되었다. 이것은 고도성장 이면에 숨은 우리 사회의 그늘을 보여준 것이지만, 소설 속 호스티스들을 성聖처녀처럼 순결한 이미지로 표현해 그 여성들을 혼탁한 도시 속 뭇 사내들의 무책임한 '방뇨'에 의한 가련한 희생자로 만든다는 비판이 없지 않았다.

1970년대 후반에는 가정보다 일을 중시하면서 남성 편력도 다채로운 여성들이 인기를 끌었다. 대표적인 여성이 역사적 대변혁을 거치면서 신비스럽고 감동적인 삶을 누린 『나의 누이여 나의 신부여』(H.F. 페터스 지음)의 루 안드레아스 살로메다. 이밖에도 남성 편력이 있었지만 현대무용가로서는 능력을 보인 이사도라 덩컨을 비롯해 시몬느 베이유, 버지니아 울프, 마리아 칼라스 등 '특별한 삶'을 산 여인들의 이야기가 큰 인기를 끌었다. 이즈음 작가 박완서(『꼴찌에게 보내는 갈채』), 화가 천경자(『한恨』), 시인 김남조(『그대 사랑 앞에』) 등 여류들의 에세이와 제목에 '사랑'이 들어간 안병욱, 고은, 이병주 등의 에세이가 인기에 불을 붙이기 시작했다.

'역사성'이 화두이던 1980년대에는 산업시대에 맞는 '배짱'으로 사는 남자가 주류를 이루다 보니 '뜨는' 여성을 찾을 수 없었다. 이 시대에 유일하게 뜬 여성이 강석경의 『숲속의 방』(민음사)에 등장하는 '종로통 아이' 소양이다. 졸업정원제의 도입으로 늘어난 대학생들은 통행금지가 사라진 종로에서 밤새 불야성을 이뤘다. 어설픈 윤리의식을 거부하고 자신의 욕망대로 편한 삶을 유쾌하게 소비하려는 젊은이들에게 종로는 하나의 배출구이자 혼돈이었고 숨통이었으며 젊음의 자위행위였다. 소양은 '종로통 아이'의 생활양식을 대변하는 경옥이나 사회적 정의를 실현하는 데 젊음을 바치는 운동권 학생의 입장을 대변하는 명주에게서도 사람의 진실을 찾지 못한다. 그렇다고 할머니나 부모 등 가족이 울타리가 되어주는 것도 아니다. 결국 소양은 종로에서 한없이 방황하다가 어느 곳에서도 삶의 진실을 찾지 못하고 끝내 자살하고 만다.

살아남은 여성들의 시대
● ● ● ● ●

개인이 자신을 표현하고 싶은 욕구가 분출하기 시작한 1990년대에는 '공격적 페미니즘' 담론을 담은 소설의 주인공들이 득세하기 시작했다. 공지영 장편소설『무소의 뿔처럼 혼자서 가라』에는 결혼생활과 일을 사이에 두고 겪는 갈등을 적나라하면서도 섬세하게 보여주는 세 명의 동창생이 등장한다. 1992년 당시『무소의 뿔처럼 혼자서 가라』외에도 양귀자의『나는 소망한다 내게 금지된 것을』, 이경자의『혼자 눈뜨는 아침』,『절반의 실패』등 '공격적 페미니즘' 계열의 소설들을 보면, 일을 위해 사랑은 무시해도 좋다는 생각이 지배적이었음을 알 수 있다.

'체험적 여성학'이란 부제를 달고 나온 오한숙희의『너무 아까운 여자』(풀빛)를 필두로 한『여성이여 테러리스트가 되라』(전여옥 지음),『나는 길들여지지 않는다』(이주향 지음),『표현하는 여자가 아름답다』(양창순 지음) 등의 비소설에는 이에 대한 더욱 구체적이고 대담한 주장이 담겼다. 페미니즘 계열의 책들은 여성 독자층을 다변화하는 데 크게 기여했다. 사랑이라는 추상적 관념을 다룬 감상적 에세이에 머물러 있던 기존의 신세대 독자 중심에서 미시, 아이를 가진 직장여성인 OM^Office Mother, '빈 둥지 증후군'에 시달리며 자기정체성의 위기에 빠진 40, 50대 주부층 등 독자층이 거의 전 계층의 여성으로 다변화되었다. 이후 1998년에는 여성이 남자를 선택하는 주체로 거듭나며 상한가를 치기 시작했다.

글로벌 세계에 편입되면서 세 차례의 큰 경제적 위기를 겪은 2000년대에는 대중의 관심이 극도로 축소된 가족 내에서 머문다. 지고지순한 가족애를 그린 조창인의 『가시고기』와 김하인의 『국화꽃 향기』 등 순애純愛소설, 사촌 오빠에게 강간당한 쓰라린 경험을 가진 유정과 사형수 윤수가 매주 목요일 오후 1시부터 3시까지의 제한된 시간에 만나 사랑을 키우는 공지영의 『우리들의 행복한 시간』, 가족이라는 휘장 안에서마저 홀로 서야 하는 어머니의 삶을 천착한 신경숙의 『엄마를 부탁해』 등은 모두 극한의 고통 속에서도 가족(또는 애인)에 대한 무한한 사랑을 보여준다. 벤처 열풍이 식어가던 2006년부터는 성공을 꿈꾸다 좌절한 사람들이 '행복'으로 말을 갈아타기 시작했다. 이후 제한된 조건에서나마 사랑을 베푸는 여성들의 이야기가 대세가 되어가기 시작했다.

2010년대의 절반이 겨우 지나간 현재 아직까지 '뜨는' 여성이 없다. 영화에서도 버디Buddy영화만 뜨는 바람에 여주인공이 사라졌다. 〈베테랑〉, 〈사도〉, 〈국제시장〉, 〈검사외전〉 등에서 여자들은 조역에 불과하다. 〈암살〉의 전지현 정도가 겨우 기억될 뿐이다. 그렇다면 책 시장에서는 어떤 여성이 뜰까? 잘나가는 여성이 아니라 살아낸 여성, 온갖 고통에서도 살아남은 여성이 아닐까 싶다. 일본에서는 평생 독신으로 지낸 103세의 화가를 비롯해 100세 노인들의 살아낸 이야기가 뜨고 있다.

『혼자여도 괜찮을까?』에서 막 마흔을 넘긴 미혼 여성 미나리는 "결론적으로 나의 선배들은 혼자 살았고 나의 후배들은 3포라서 혼자 산다는 것인데 20년 만에 골드에서 3포로 바뀐 세상을 어떻게 이해해야 할까. 한 줄로 요약하면 '갈수록 먹고 살긴 힘들고 사람들은 가족마저 귀찮다' 정도가 되지 않을까. 이쯤 되니 앞장에서 말했던 무연사회가 생각나면서 더욱 슬퍼진다. 싱글이라는 말은 이제 '혼자 잘 먹고 잘 산다'는 이미지가 아니라 '혼자서도 먹고살기 힘들다'로 바뀌어 버린 게 아닐까. 그러니 이제 와서 말이지만 싱글세는 만들지 말아주길 바라는 바이다"라고 말한다.

그렇다. 주변에 결혼 아니면 '행방불명'뿐이라 불안해 어쩔 줄 모르는 이런 여성들이 누구에게서 조언을 받을 수 있을까. 아마도 온갖 고초를 겪으며 살아남은 여성들의 이야기가 혼돈의 시기에서 헤매고 있는 중년 이하의 모든 여성에게 먹혀들 것 같다. 그런 여성들이라면 한번 나서보는 것은 어떨까.

시니어출판은
성장할 수밖에
없다

'시니어출판' 하면 일본을 이야기하지 않을 수 없다. 고령화를 세계의 선두에서 경험하고 있기 때문이다. 일본은 자신들의 경험을 다른 나라에 제공하여 수익을 올릴 수도 있다고 자랑하고 있다. 그런 면에서 "인생 90세 시대, 곤궁하게 생활하는 고령자가 급증"하고 있음을 알려주고 있는 〈도요게이자이東洋經濟〉 실린 기사 「빈곤, 고독… 노후에 '하류로 전락'하지 않기 위해서」(2015년 8월 24일 자)가 시사하는 바는 주목할 만하다.

이 기사와 여러 통계를 기초로 정리해보면 2014년 10월 현재 일본 인구의 26%가 65세 이상으로, 일본은 세계에서 가장 빠르게 노령화되고 있으며 2060년에는 그 비율이 40%까지 치솟을 것으로 예상된다. 이 중 80세 이상 고령자만도 964만 명으로 전년 대비 35만 명이나 증가했다. 그중 90세 이상은 172만 명으로 전년 대비 11만 명이 늘었다. 일본은 바야흐로 '인생 90세 시대'에 접어들고 있으며 아마 곧 '100세 시대'로 돌입할 것이다.

일본에서 혼자 살고 있는 65세 이상 남성의 비율은 지난 30년간 2배 이상 늘었다. 1980년에는 4.3%에 불과했으나 2010년에는 약 11%를 기록했으며, 2035년에는 16%까지 증가할 것으로 예측된다. 65세 이상 여성의 경우에는 1980년에는 11%, 2010년에는 20%가 혼자 살고 있었다. 2035년에는 23%가 될 것이다.

장수사회의 고령자들
●●●●●

사람이 건강하게 오래 사는 것이 좋은 일임은 분명하다. 그러나 평균수명과 건강수명의 차이가 크다면 이것은 보통 심각한 문제가 아니다. 일본 후생노동성의 통계에 따르면 2012년 일본인 '평균수명'은 남성이 79.94세, 여성이 86.41세였다. 하지만 병에 걸려 일상생활을 할 수 없는 기간과 보살핌이 필요한 기간을 빼고 건강하게 살 수 있는 '건강수명'은 남성이 70.42세, 여성이 73.62세였다. 이 기준에 따르면 남성은 6.32년, 여성은 12.79년을 골골하게 지내다가 죽어야 한다. 죽는 방법도 문제다. 이른바 홀로 지내다가 죽는 '고독사(무연사)'의 숫자가 날로 급증하고 있다. 일본에서는 혼자 지내다 사망한 지 이틀이 지난 후 발견된 노인이 매년 3만 명이나 된다.

이 기사는 일본이 기뻐해야 할 장수사회를 맞이했지만 고령자를 둘러싼 환경이 날로 험난해지고 있음을 알려준다. 특히 노후에 생활이 곤궁한 경우가 급증하고 있는 현실을 설명하고 있다. 생활보호수급세대는 2015년 5월에 162만 명으로 사상 최대를 경신했지만, 절반인 약 79만 명은 고령자 세대가 차지하고 있다. 2015년에만 벌써 4만 세대가 증가했는데, 모자 세대나 장애인 세대 등과 비교해도 증가세는 두드러진다.

앞으로 고령자 인구의 증가와 비례해서 생활을 꾸려나가기 불가능한 세대도 늘어날 가능성이 높다. 왜냐하면 노후의 가계는 기본적으로 '적자'이기 때문이다. 2014년도 총무성 가계조사에 따르면 연금생활을 하는 고령부부 무직세대 수지는 평균 월 6만 1,560엔이 부족하다고 한다. 연간 약 74만 엔이 적자다. 이것을 저축으로 보충하고 있다는 것이다. 예를 들어 65세에 이러한 상태라고 하면, 90세까지 25년간 약 1,850만 엔을 저축에서 야금야금 빼서 쓰지 않으면 안 된다. 만약 병에 걸리거나 집을 수리하는 등 지출이 필요한 일이 발생하면 부족분은 더욱 늘어난다.

이 기사는 젊었을 때 버블 경기를 경험하면서 소비를 미덕으로 여겼던 현재의 50대와 40대가 노후를 맞이할 때는 가계의 적자액이 더욱 늘 것으로 예측한다. 그들이 연금으로 살아간다고 해서 생활의 질을 크게 떨어뜨리지는 않을 것이다. 이미 고령부부 무직세대의 적자액은 매년 증가하고 있는데 '버블 세대의 노후연금으로 3,500만 엔은 필요하다'는 계산도 있다. 이러한 상황을 예측하고 노후자금을 충분히 확보할 수 있으면 문제가 없다. 그러나 50대, 40대의 가계는 그 정도로 여유 있지 않다.

특히 부담이 큰 것이 교육비다. "사립대학 진학비용은 입학금, 수업료를 포함해서 평균 약 112만 엔, 국립대학도 약 82만 엔은 필요하다. 20년 전과 비교하면 각각 1.6배, 2.2배 증가했다. 게다가 만혼·만산화로 아이가 대학을 졸업하는 시점에 50대 후반인 경우도 많다. 그렇게 되면 노후자금은 더욱 모을 수 없다. 게다가 주택 대출금을 정년퇴직 후에도 계속 갚아야 하는 사람이 적지 않다. 최근 저금리 상황이라 차입금도 늘고 있다. 앞서 고령자의 가계조사에서 주거비는 평균 1만 6,000엔 정도다. 연금생활을 하면서 주택 대출금을 안고 있으면 가계 적자액은 그만큼 늘어날 것"이라고 한다.

월급과 상여금을 받을 수 있고, 의식하지 않아도 캐시플로(기업 활동에 의한 자금의 유출입)가 회전하고 있는 회사원의 경우, 저축에서 적자를 메워야 하는 노후 생활은 머릿속으로 그리기 힘들 것이다. 저축이 충분하지 않으면 계속 일하면 되지 않느냐고? 그러나 정년후 재고용은 일반적으로 수입이 큰 폭으로 떨어지고, 병에 걸리는 등 건강을 해치면 일할 수조차 없게 된다는 리스크가 있다.

〈주간 도요게이자이〉 2015년 8월 29일 자 특집은 '하류노인'이다. 이 특집에서는 빈곤이나 병, 독립 등 노후에 하류로 전락하는 실태와 그것에 어떻게 대비할 것인지를 다루고 있다. 지금까지 생각하고 싶지 않다고 자신의 노후에서 눈을 돌리고 있던 50대와 40대에게 현실을 직시하고 나아가 대비책을 강구할 것을 요구하고 있다. "우선은 저축액을 늘리기 위해 가계를 점검하고, 그리고 회사원이라면 정년 후에 어떻게 보낼 것인지를 고민해야 한다. 만족하는 90세를 맞이하기 위해 지금부터 준비해두는 것은 젊은 세대의 부담을 경감시킨다는 의미에서도 버블세대에 주어진 책무"라는 것이다.

고령화의 수렁 속에 피어난 시니어출판

• • • • •

일본의 베이비붐 세대인 '단카이 세대'는 2007년에 60세 정년, 2012년에 65세 정년을 맞이했다. 2000년대 초반에 법적으로 정년을 60세에서 65세로 연장한 바 있기 때문에 이제 정년을 맞이한 사람들이 쏟아지고 있다. 2012년에도 일본에서는 노후생활을 다룬 책들이 크게 인기를 끌었다. 그로부터 3년이 지난 2015년에는 103세의 나이에도 현역으로 활동하고 있는 미술가 시노다 도코가 때로는 다정하게, 때로는 엄하게 인생을 살아가는 법과 즐기는 법을 전수하는 『103세가 돼서 알게 된 것 – 인생은 혼자라도 괜찮아』가 베스트셀러 1위를 달렸다. 2000년대 내내 시니어출판이 출판시장의 주류로 달리면서 저자들의 나이마저 초고령화되는 모습을 보여주었다.

우리는 어떨까. 2014년 전체 노인인구는 613만 8,000명이다. 독거노인은 131만 명으로 전체 노인인구의 20%를 넘어선 지 오래다. 독거노인은 3년 동안 20만 명이나 급증했다. 게다가 노인빈곤율은 48.1%에 달한다. 그 뒤를 이어 1,400만 명이 넘는 제1차 베이비붐 세대(50대)와 제2차 베이비붐 세대(40대)도 지금 세상에서 밀려나 신빈곤층으로 전락해가고 있다. 그들에게 남은 것은 은행 부채가 붙어 있는 주택 하나뿐일 확률이 높다. 게다가 연금마저 불안해지고 있다.

그들의 자식세대는 스펙 쌓기에 목숨을 걸어왔다. 그들의 강요로 단군 이래 최고의 스펙을 쌓았던 이케아 세대(1978년생 전후) 대부분이 비정규직에 머무는 바람에 그 아래 세대는 꿈을 잃은 채 우왕좌왕하고 있다. 청년실업은 날로 심각해지고 있는 가운데 '7포 세대'니 '6무 세대'니 하는 말들이 심각하게 제기되고 있다. 부모 세대와 자식 세대가 동반 추락하는 모습마저 보이고 있어 사회 분위기는 심각하게 얼어붙고 있다.

2015년 최경환 경제팀이 성장 위주의 경제정책을 펼쳤지만 경제성장정책이 사실상 좌절된 박근혜 정부는 강력한 노동시장 개혁을 예고하면서 "청년실업은 기성세대 책임"이라는 이상한 논리를 펼쳤다. 게다가 세대 갈등을 조장하려는 움직임마저 있었다.

위의 사실들은 우리 사회가 고령화로 인해 깊은 수렁으로 빠져들고 있음을 보여준다. 고령화와 저출산, 개인주의로 인한 사회 안전망 해체가 가져온 고독사 등의 문제는 우리에게도 코앞의 일로 닥쳐왔다.

이런 현실에서 시니어출판이 하나의 흐름을 형성해가고 있다. 물론 아직까지 국내 시니어 출판물의 주 독자층은 40대로 젊은 세대가 미래 대비서 차원에서 읽고 있는 정도다. 그리고 고령화 문제를 다룬 서적을 미래학 관련 서적과 유사하게 분류하거나 자기계발서의 또 다른 변주로 보이는 이상한 흐름이 없지 않다.

그러나 시니어출판은 출판에서 가장 성장할 수밖에 없는 분야다. 우선 여러 문화상품에서 노인의 약진이 눈부시다. 2015년 상반기에 인기를 끌었던 KBS 드라마 〈가족끼리 왜 이래〉의 주인공은 3개월 시한부 인생의 60세 노인이었다. 또 독립영화로서 최대 흥행 기록을 세운 영화 〈님아, 그 강을 건너지 마오〉의 주인공은 98세 노인과 89세인 그의 아내였다. 1,426만 명의 관객을 모은 영화 〈국제시장〉의 주인공 덕수(황정민 분)는 고희를 넘긴 노인이었다. 드라마에서 '시한부 인생'이 넘치는 가운데 삶의 마지막 순간, 즉 존엄한 죽음을 이야기하는 아툴 가완디의 『어떻게 죽을 것인가』가 종합 베스트셀러에 오르기도 했다. 또 어르신들의 자서전, 회고록 쓰기 강좌가 늘어나고 한 지방지는 '실버 문학상'을 제정하기도 했다.

시니어세대의 진정한 욕망 읽기
●●●●●

나는 이런 흐름에 대비하기 위해 한국 최초로 시니어출판 전문 브랜드인 '어른의시간'을 설립했다. 그리고 출판사 나무생각, 서해문집, 이마 등과 연대해 '평생현역학교'라는 전문 블로그도 개설했다. 어른의시간 첫 책으로 『아들이 부모를 간병한다는 것』을 2015년 2월 초에 펴냈다. 이후 '한 인간의 죽는 순간을 봄으로써 그 사람의 진정한 모습을 제대로 평가할 수 있다'는 사실을 보여주는 김영수의 『태산보다 무거운 죽음 새털보다 가벼운 죽음』, 33인의 죽음과 애도의 이야기를 담은 『당신은 가고 나는 여기』, 어머니 간병기인 졸저 『나는 어머니와 산다』, 은퇴 공부와 은퇴 준비에 대한 책 『은퇴자의 공부법』(이상 2015) 등을 출간했으며 장차 어른이 읽을 수 있는 교양서들도 출간될 예정이다.

나는 단지 시간이 문제일 뿐 시니어출판이 곧 활성화될 것이며 시장이 성숙할 여건이 충분히 무르익었다고 본다. 지금의 50대는 20대 시절에 인문사회과학 서적을 열심히 읽었다. 40대는 질 좋은 어린이책과 청소년책들을 자식들에게 권한 경험의 소유자들로 책의 가치를 알고 있는 세대다. 우리 사회가 가난했던 시절에 학교에 다녔던 이 세대는 부모로부터 물적 지원을 제대로 받지는 못했지만 자식을 위해서는 헌신을 아끼지 않았다. 하지만 그만큼 자신의 삶을 중시하는 세대이기도 하다. 일본의 단카이 세대까지는 아니더라도 상당한 자산을 보유하고 있는 사람이 적지 않다. 이들은 높은 교육 수준과 정치 참여율을 유지하고 있으며 문화적 소비도 즐긴다.

그럼에도 불구하고 시니어출판이 아직 활성화되지 않은 것은 이 세대를 유혹할 만한 책이 아직 제대로 생산되지 못했기 때문이다. 나도 여기서 예외일 수 없다. 시니어는 단순히 죽음만을 막연히 기다리고 있는 세대가 아니다. '범람하는 노인의 섹스'를 다룬 일본 작가 무레 요코의 글에는 다음과 같은 이야기가 나온다.

어느 날 서점에 가니 열심히 책을 읽고 있는 70대 초반의 남성이 있었다. 차림새는 말끔했는데 그저 책을 읽고 있다고는 말할 수 없는 기백이 넘쳐흘러 내용에 몰두하고 있음이 역력했다. '무사도'라든가 '삼국지'라도 읽고 있나 싶어 살짝 표지를 보니 '알몸의 미나코'였다. 연금생활신세라 책을 살 수 없어 서점에서 서서 읽고 있는 것인지 책을 사서 집에 가져갈 수 없는 상황인 건지는 모르겠으나 보기 좋은 모습은 아니었다.

무레 요코는 일본의 시니어 남성 잡지에 「죽을 만큼 SEX – 60세부터가 진짜 남자, 여자는 당신을 기다리고 있다」, 「60부터 다시 한 번」, 「중년 변태가 좋아!」, 「젊은 여자를 품자」, 「이탈리아와 프랑스에서는 예로부터 '죽을 때까지 섹스'가 당연지사」 등과 같은 제목이 넘치는 것을 비판하며 "성을 부추기는 것도 적당히 했으면 좋겠다"고 일갈했다. 예의상 '아내'라는 글자가 포함되어 있을 뿐 눈속임에 불과하다면서 말이다.

하지만 과연 그럴까. 우리는 이런 현상에서 시니어세대의 진정한 욕망을 읽어야 한다. 단지 섹스만을 이야기하자는 것이 아니다. 그들의 진정한 욕망이 무엇일까. 그들의 진정한 마음은 청년세대의 열정과 하나도 다를 바가 없다. 그들의 원초적 욕망을 제대로 읽고 갈증을 해소해줄 수 있는 다양한 분야의 책들이 쏟아지기를 기대한다.

인간만이
할 수 있는 것

2016 독서대전이 강릉에서 열렸다. 강릉은 인구 20만 명의 도시에 불과하지만 10분 거리에 도서관을 설치하겠다는 의지를 밝히고 실제로 실천하는 도시다. 책에 대한 애정이 많은 도시에서 독서대전이 열린다는 것은 의미가 깊었다. 개막식에서 강릉 시민들이 보여준 열의는 대단했다. 다만 폐막식에서 다음 개최 도시를 미리 선정해 그 도시로 깃발을 넘겨주었으면 하는 아쉬움이 들었다. 그러면 앞으로 행사가 더욱 알차게 진행될 것이다.

아쉬웠던 점은 또 있다. 프로그램 중 하나인 '2016 독서콘퍼런스'의 기조강연은 신달자 시인이 했다. 「우리 사회에서 독서는 무엇인가?」란 제목의 강연문은 그 자체로 감동적인 에세이다. 하지만 김남조, 박목월, 박두진 등 스승과의 추억을 떠올리는 이 글에선 이 시대의 독서에 대한 진지한 의견은 찾아볼 수가 없다. 유명인사의 추억담을 들어서 나쁠 것은 없지만, 꼭 그 자리에서 들어야만 했을까. 행사 기획자의 안목이 아쉬웠다.

쓰키무라 다쓰오는 「디지털 독서의 행방」(《책과컴퓨터》 2004년 겨울호)에서 세 가지 독서 형태를 언급했다. "제한된 양의 텍스트를 반복하며 숙독·음미하는 교양독자의 독서, 매일 갱신되는 대량의 텍스트를 그 자리에서 소비하고 다시 돌아보지 않는 대중 저널리즘의 독서, 그리고 마지막으로 인간의 처리 능력을 훨씬 넘어선 분량의 텍스트에, 겨우 전문 검색이라는 수단으로 대치할 수밖에 없는 디지털 독서"다. 언급한 순서대로 등장한 이들 독서 형태는 지금 공존하고 있다.

프랑스의 서적사가인 로제 샤르티에는 교양독자의 독서에는 '집중형 독서', 대중 저널리즘의 독서에는 '분산형 독서'라는 이름을 붙여주었다. 이를 쉽게 설명하면 정독과 다독이 될 것이다. 그는 『읽는다는 것의 역사』(한국출판마케팅연구소, 2006)에서 "18세기 2/4반기에 '정독'이 '다독'에게 길을 비켜주었다"고 했다. 그의 말을 좀 더 들어보자.

'정독'하는 독자들은 제한되고 배타적인 책에만 접근하여 읽고 또 읽고, 기억하고 암송하고, 깊이 이해하여 자기 것으로 만들고, 그것을 대를 이어 전했다. 종교적인 텍스트(프로테스탄트 지역에선 주로 성경)는 신성성과 권위에 깊이 빨려들게 하는 독서대상으로서 특전이 주어져 있었다. 괴테 시대에 독일을 들끓게 했던 독서열풍^{Lesewut}에 휩쓸린 독자 같은 '다독'하는 사람들은 많은 수의 폭넓고 다양하고 그리고 단명한 인쇄물을 탐독했다. 이들 새 유형의 독자는 어떤 방법론적인 의심도 해볼 여유가 없는 긴요한 관심거리를 읽고 있거나 한 것처럼 신속하고 게걸스럽게 읽어댔다. 존경과 순종 대상으로 생각되는 문자로 쓰인 것에 대한 공공의 정중한 연고관계는 자유롭고 더 고립되고 불경한 종류의 독서에 자리를 내주었다.

신달자 시인이 말하는 독서는 아마도 교양독자의 독서가 아닌가 싶다. 시인이 문학을 공부하면서 성장할 때만 해도 사회제도나 가족제도나 개인생활이나 남녀관계를 묶는 틀 같은 것이 존재했다. 그때 젊은이들은 그 현실을 어떻게 변화시켜야 하는가, 즉 사회 변혁에 대한 동경이 남아 있었다. 『백치애인』이나 『물 위를 걷는 여자』 같은, 신달자 시인의 에세이나 소설이 베스트셀러가 되던 1980년대 말과 1991년까지만 해도 '일'보다는 '사랑'이라는 전통적인 가치에 어느 정도 무게를 두는 분위기였기에 독자들이 열의를 가지고 그런 책을 읽었다.

검색형 독서, 세상을 휩쓸다
● ● ● ● ●

하지만 신자유주의 논리가 전 세계를 엄습한 2000년대 이후에는 일자리 찾기에 급급한 개인들이 자신을 중심으로 한 극도로 축소된 인간관계를 다룬 소설을 주로 읽기 시작했다. 1990년대 이후 200만 부 이상 팔린 세 소설, 김정현의 『아버지』(1996), 조창인의 『가시고기』(2000), 신경숙의 『엄마를 부탁해』(창비, 2008)에서는 사회 변혁에 대한 열망을 읽을 수가 없다. 이 소설들에는 가정과 직장과 사회에서 버림받은 아버지나 어머니만 등장할 뿐인데, 그들이 관심을 기울이는 것은 오로지 혈육의 안위일 뿐이다. 2000년대 후반 이후에는 성공도 포기하고 제한된 범위에서나마 '나만의 행복'을 추구하는 데 급급했다. 셀프힐링에 침잠한 2010년 이후에는 소설 자체에 대한 관심이 사라지고 한 줄 어록에 목을 매는 세상이 되고 말았다.

더구나 지금은 디지털 독서가 대세가 되었다. 음독에서 묵독으로 바뀐 1차 독서혁명과 '집중형 독서'에서 '분산형 독서'로 넘어가는 2차 독서혁명에 이어 디지털 독서혁명이라는 3차 독서혁명이 일어났지만, 디지털 독서에 아무도 이름을 붙여주지 않았기에 나는 '검색형 독서'라 이름 붙였다.

나는 〈중앙일보〉 2005년 7월 29일 자에 발표한 「'검색하듯' 읽히는 책이 미래의 베스트셀러」에서 "검색은 '브라우즈browse'에서 출발했다. 이 단어의 원래 의미는 '집어먹다', 즉 가축 등이 먹이를 쪼아 먹는다는 뜻이다. 먹이를 쪼아 먹듯이 그렇게 건너뛰며 읽는 것이 과연 올바른 독서 행위인지에 대해서는 아직 논란이 많다. 하지만 인간이 살아남기 위해서 불가피하게 선택할 수밖에 없는 행위인 것만은 분명하다. 대중은 이미 눈만 뜨면 인터넷으로 들어가 수많은 정보를 검색하는 중독자가 되어 있다"라고 썼다.

나는 그 글에서 "인간의 검색 습관은 책의 세계에서 '분할'과 '통합'이 동시에 진행되게 만들었다. 분할이란 한 권의 책이 다루고 있는 범위가 갈수록 쪼개지고 있다는 것을 의미한다. (중략) 그러나 잘게 쪼개진 키워드를 설명하는 것은 통합적이어야 한다. 토마스 L. 프리드먼은 『렉서스와 올리브나무』(21세기북스, 2009)에서 정보의 '중개'라는 말을 했다. 정치, 문화, 기술, 금융, 국가안보 그리고 환경 등의 전통적인 구분선이 급속하게 무너지고, 어느 한 분야에서 발생한 사안마저 그 분야의 변수로만은 설명할 수 없게 된 이상 다양한 시각에서 얻은 정보를 중개하고 이 모든 것을 '하나의 스토리'로 엮어낸 책이어야 독자의 선택을 받을 수 있다는 것"이라고 했다.

지금은 어떤가. 누구나 글을 많이 읽는다. 그러나 그 글이 꼭 종이 책일 필요는 없다. 영상이나 음성을 글과 함께 액정화면에서 소비한다. CPND, 즉 C(콘텐츠), P(플랫폼), N(네트워크), D(디바이스)로 연결된 구조에서 일상적으로 직접 콘텐츠(글과 영상과 음성)를 생산해 올리면서 소비한다. 그야말로 모두가 1인 미디어가 되는 세상이다. 이제 개인은 눈만 뜨면 '손 안의 컴퓨터'인 스마트기기로 무엇이든 게걸스럽게 읽어댄다. 그렇게 하면서 충분히 살아갈 수 있다고 믿는 세상이 되었다. 검색형 독서가 세상을 휩쓸고 있으니 오히려 교양 독서가 그리워질 수도 있다. 그러니 신달자 시인을 초대했을 것이다.

닥치고 독서

•••••

미래의 독서는 어떻게 될까. 『읽는다는 것의 역사』에서는 "사실 독서는 광범위하고 복잡한 현상이다. 앞으로 10년 또는 20년 안에 그 방향은 의심할 나위 없이 분명해질 것이다. 그리고 50년 또는 100년만 지나면 독서가 우리를 어디로 인도하는지를 알게 될 것이고, 또한 하고자 한다면 그 현상에 대한 평가를 내릴 수 있을 것"이라고 예상했다.

『읽는다는 것의 역사』가 처음 출간된 것은 아마존닷컴이 문을 열고 윈도우95가 출시되었으며 우리나라가 WTO에 가입한 1995년 무렵이다. 그러니 이제 그 방향이 어느 정도 밝혀지는 것 같다. 인간은 인공지능, 즉 슈퍼컴퓨터(기계)와 경쟁해야만 한다. 기계는 정보의 저장과 보관, 이동에서 인간을 압도한다. 인간이 기계로 대체되지 않으려면 어떤 능력을 키워야 할까?『공부하는 기계들이 온다』(북스톤, 2016)의 저자인 박순서는 "인간이 기계에 대체되지 않을 세 가지 조건으로 창의력(기계가 스스로 무언가 새로운 것을 만들어내도록 알고리즘화하기란 여전히 매우 어렵다), 사회적 지능(사람들과 함께 어울리면서 상대방이 내게 원하는 것이 무엇인지, 내가 그들에게 원하는 게 무엇인지를 직관적인 이해를 통해 알아내는 능력), 매우 복잡한 사물들이 뒤섞여 구조화되지 않은 환경에서 상호 작용하는 인간의 능력"을 제시했다.

창의력과 사회적 지능은 충분히 동의한다. 마지막 능력을 나는 편집력(혹은 컨셉력)이라 부르고 싶다. 주어진 조건들을 활용해 즉각 활용할 수 있는 지혜를 만들어내는 능력은 편집력이라 부르는 것이 옳다. 이런 능력은 어떻게 키울 수 있을까. 물론 정답은 '닥치고 독서'다. 그렇다고 혼자 읽기만 해서는 곤란하다. 특히 자라나는 아이들은 함께 읽어야 한다. 함께 읽으며 생각의 차이를 깨달아야 한다. 그 차이가 창의력(상상력)이다. 그리고 무엇이든 함께해야 사회적 지능이 키워진다.

이제 인간은 기계는 할 수 없고, 우리 인간들만 잘할 수 있는 것을 찾아내야 한다. 그것을 '새로운 인간'이라 부르자. 새로운 인간이란 어떤 모습일까. 이은경의 『나랑 같이 놀 사람, 여기 붙어라』(길밖의 길, 2016)에는 다음과 같은 이야기가 나온다.

> 마리나 고비스는 『증폭의 시대』에서 인간과 기계를 차별화시키는 가장 좋은 도구는 '인간관계 기술'이라고 하면서, 이제는 감정적, 개성적, 사회적인 것들에 초점을 맞추어야 한다고 말한다. 그리고 이 것이야말로 기계는 절대 할 수 없지만 우리는 잘할 수 있고, 우리 인간들이 기계들과 맞붙어서 결코 지지 않고 살아남는 방법이라는 것이다. 그리고 고비스는 이것을 '소셜스트럭칭social structing', 즉 '사회적 자본 구축'이라고 이름 지었다. 우리말로 쉽게 말하면 '연줄'이라는 거다. (중략) 알파고가 1,200대 이상의 컴퓨터를 등에 업고 이세돌 9단과의 대국에 나섰던 것처럼, 우리도 이제는 서로가 가진 줄을 모두 꺼내어 함께 엮으라는 말이다. 이렇게 소셜 네트워크를 통한 집단

지성과 신기술로 무장한 개인을 고비스는 '증폭된 개인'이라 부르면서 '이 증폭된 개인이 세상을 바꿀 수 있다'고 말한다. 그리고 다가올 미래에는 사회적 친분이나 연줄 등을 이용한 사회적 관계가 경제적 가치를 지니게 될 뿐만 아니라, 미래사회의 본질이 되어야 한다고 주장한다.

이은경은 '증폭된 개인'이 낡은 컴퓨터라도 가지고 일을 할 때, 즉 "인간의 통찰력과 사고력, 기계의 합리적인 사고 혹은 계산력, 이 두 가지가 합쳐졌을 때, 최상의 결과를 낼 수 있고 복잡한 문제를 해결하거나 무엇인가를 결정해야 하는 순간에 그 어떤 슈퍼컴퓨터보다도 훨씬 더 현명한 판단을 내릴 수 있다"는 가능성이 확인되고 있다고 말했다.

함께 읽자
●●●●●

이노우에 히사시는 『자가제 문장 독본』에서 "사람은 읽는 행위로 과거와 연결되고 쓰는 행위로 미래와 연결된다"고 했다. 읽기와 쓰기는 원래 연동되어 있었다. 잘 쓰려면 잘 읽어야 한다. 그런데 읽기 능력은 어떻게 키워야 할까. 무조건 읽으라고 협박하면 될까. 아니다. 읽는 방법을 가르쳐야 한다. 교과서로 정답만을 찾는 경쟁교육을 받은 사람들은 창의력이나 사회적 지능, 편집력 등이 키워지지 않는다. 그런 능력을 키우려면 완성된 글을 읽고 생각을 가다

듣는 훈련을 해야 한다. 그리고 그 훈련은 학습이 아닌 놀이가 되어야 한다.

숭례문학당의 김민영은 『이젠, 함께 쓰기다』의 서문에서 "글쓰기 독선생도, 매운 첨삭도 없었지만 모두 성장했다. 글쓰기에 대한 공포로 한 문장도 못 쓰던 회원이 A4용지 2장을 꽉 채우는 걸 보며 함께 쓰기의 힘을 느꼈다. 모임을 이끄는 리더들은 모두 '잘 쓸 필요 없다', '잘 쓸 수도 없다', '써 오기만 하면 칭찬을 받을 수 있다'며 격려했다. 못난 글이라도 쓰기만 하면, 열심히 들어주고 칭찬해주는 동료들이 있었다. 그렇게 많은 이들이 빨간 펜 첨삭의 트라우마에서 벗어났다. 글쓰기의 즐거움에 눈 뜨고, 매일 쓰고 싶어졌다. 글 까짓 것 안 써도 되는 삶이, 글 쓰고 싶은 삶으로 바뀐 것"이라며 함께 글을 쓰는 모임의 중요성을 역설했다.

지금 학생들은 엄청나게 읽고 엄청나게 쓴다. 요즘 고등학생이 소셜미디어에 하루에 올리는 글이 과거에는 한 해 동안 쓰던 양이었다. 다만 그들이 읽는 글은 주로 단문이다. 소셜미디어에는 잘게 쪼개진 파트워크형 정보가 넘친다. 검색해서 정답을 즉각 찾아내는 일만 반복하면 통합적 사고가 불가능한 인간이 되고 만다. 사유를 할 수 없는 아이들에게 미래가 있을까.

앞으로 교육 현장에서, 집에서, 마을에서 완성된 글을 읽고 자신의 생각을 말하게 하는 훈련부터 시켜야 한다. 특히 수업 시간에는 교양서를 함께 읽으며 토론하고 함께 쓰는 일이 일상적으로 벌어져야 한다. 그런 공부를 한 사람들이 한 권의 책도 거뜬히 읽어낼 수 있다. 그런 능력의 소유자여야 슈퍼컴퓨터를 이겨내는 창의력, 사회적 지능, 편집력 등을 키울 수 있다.

독서운동가 김은하는 강릉의 독서콘퍼런스에서 "청소년 대상의 독서지도와 대회가 비독자(전혀 읽지 않는 독자)와 간헐적 독자(한 달에 몇 번 읽거나, 몇 달에 한 번 읽는 독자)를 더욱 소외시키는 방향으로 이루어졌다"는 사실을 알고 매우 놀랐다고 한다. 청소년 중에는 교과서 이외에는 한 달에 책 한 권도 읽지 않는 독자가 절반쯤 된다. 습관적 독자 또한 제대로 된 독서를 한다고 장담할 수 없다. 그러니 이들에게 책을 읽는 방법을 새롭게 가르쳐야 한다.

3장

책,
미래를
'말하다'

책의
발견과
발명

　내가 창비 영업부에서 근무할 때 수많은 시인이 원고를 가져왔다. 심지어 아무런 권한이 없던 나에게도. 아마 하루라도 시집 원고가 들어오지 않은 날이 없을 것이다. 그때 창비에서는 1년에 시집을 10권 정도밖에 펴내지 않았다. 그러니 적어도 수십 대 1의 경쟁을 뚫어야만 책이 나올 수 있었다. 시집을 고르는 일은 편집부 직원들만으로는 할 수 없어서 별도의 위원회에서 주로 결정했지만 결정적인 하자가 발생하면 엎어지기도 했다. 그때 편집자나 위원회는 좋은 원고를 고르기만 하면 되었다. 보통 그것을 발견으로서의 기획이라고 부른다.

　내가 창비를 떠나던 1998년 이전에는 시집 초판을 3,000부 이하로 찍은 적이 없었다. 보통 네 권이 한꺼번에 출간되곤 했는데, 그중에는 초판을 1만~2만 부 이상 찍는 시집이 더러 있었다. 그렇더라도 가장 빨리 재쇄를 찍는 것은 초판 발행부수가 많았던 책이었다. 많이 찍은 책은 서점에 많이 깔렸고 독자에게도 쉽게 발견되었다. 그러니 좋은 원고를 '발견'하는 것이 편집자의 가장 큰 역할이었다.

발견으로서의 기획 이후의 출판

● ● ● ● ●

그러나 지금은 어떤가. 시집이 팔리지 않는다. 시집의 초판 발행부수가 700부에서 1,000부에 불과하다는 이야기도 들린다. 물론 가끔은 잘 팔리는 시집도 등장하는데 대부분 이색적인 시다. 가령 하상욱의 『서울 시』(중앙북스, 2013)는 시인가, 아닌가? 어쩌면 시의 개념이 바뀌고 있는지도 모른다. 그런데 시뿐만이 아니다. 요즘 소설도 팔리지 않는다. 우리 소설을 한 달에 한 권이라도 꾸준히 펴내는 출판사는 손가락으로 꼽을 정도다. 그러니 문학 출판사 편집자들은 망한 것이나 마찬가지다. 하지만 그들이 책을 펴내지 않는 것은 아니다. 어쩌면 일부는 웹소설로 자리를 옮겼을 것이다. 이미 문창과 교수의 책꽂이에도 내가 펴낸 '웹소설 작가를 위한 장르 가이드' 시리즈(북바이북)가 나란히 꽂혀 있더라는 이야기를 자주 듣고 있으니 말이다.

요즘 시인은 강연으로, 소설가는 에세이를 써서 먹고산다는 자조가 들린다. 물론 그렇지 않은 이들도 있지만 극히 일부다. 하긴 문인이 시나 소설만 써서 먹고산 역사는 얼마 되지 않는다. 소설은 주로 여성이 읽었는데 여성이 책을 제대로 읽기 시작한 것은 19세기부터다. 그러니 소설가가 소설만 써서 먹고산 역사는 아무리 길게 잡아도 1세기가 되지 않는다. 예전에 문인이나 예술가는 후원자(패트론)가 있어야 먹고살았다. 왕이나 부자, 혹은 재력이 있는 가족이 있어야 했다. 그러나 인쇄매체의 생산 비용이 크게 줄어들고 출판유통 시스템이 등장한 이후부터 작가와 독자가 돈을 매개로 이어지는 직접적인 관계가 만들어지면서, 지금의 작가는 후원자가 아닌 독자의 기대를 만족시키는 작품을 써야 한다.

프랑스 문학전공자인 가시마 시게루의 「'표현'이 갈 길─끝까지 남는 책은 무엇인가」(《유레카》 2016년 3월 임시증간호)에 라 퐁텐의 『우화』에 대한 이야기가 나온다. 이 책이 출간된 루이 14세 시대(17세기)에도 너그러운 후원자와 그렇지 않은 후원자가 있었다. 라 퐁텐의 『우화』에는 루이 14세나 다른 왕족, 귀족을 비판하는 부분이 꽤 많다. 이런 책이 어떻게 살아남을 수 있었을까. 『우화』가 세상에 태어날 수 있었던 것은 동물을 주인공으로 한 이야기였기 때문이다. 사람을 직접 비판하지 않고 동물에 빗대어 우회적으로 비판하는 것이 우화다. 『이솝우화』도 원래 그런 것이었는데, 라 퐁텐이 손을 봐서 훨씬 더 신랄하게 위선자를 비판하는 바람에 많은 인기를 끌고, 지금도 살아남아 독자의 손을 타고 있다.

2006년의 한국 출판시장에서도 우화는 상종가를 쳤다. 그때 우화는 이솝이나 라 퐁텐의 우화가 아니었다. 이른바 '성공 우화'였다. 호아킴 데 포사다의 『마시멜로 이야기』(한국경제신문사, 2005)를 비롯해 한상복의 『배려』(위즈덤하우스, 2006), 스튜어트 에이버리 골드의 『핑』(웅진윙스, 2006) 등이 인기를 끌었다. 성공우화 인기의 시발점이 스펜서 존슨의 『누가 내 치즈를 옮겼을까』(진명출판사, 2000)라는 것을 모르는 사람은 별로 없을 것이다.

지금 출판시장이 요동치게 된 것은 스마트폰의 등장 때문일 것이다. 나는 2004년부터 "휴대전화(이제는 스마트폰이라 부르는 것이 옳을 것이다)는 모든 행동의 출발점이 되고 있다. 그것은 매체(미디어), 상점, 판매 채널, 만남의 공간 등 인간의 행위를 이끄는 기점"이라고 말해왔다. 스마트폰으로 결제 기능마저 가능해지자 웹툰과 웹소설 시장이 급격하게 확대되기 시작했다. 이제 인간이 추구하는 텍스트는 완전히 달라져야 한다.

나는 이미 2012년에 펴낸 『새로운 책의 시대』에서 "종이책의 텍스트는 어떻게 변해야 하나? 저자가 뼈를 깎는 고통으로 쓴 글을 편집자가 잘 다듬어야 하는 것은 시대가 바뀌었다 해도 결코 포기할 수 없는 미덕이다. 하지만 그것 이상이어야 한다. 디지털 텍스트에 중독된 독자를 끌어들이기 위해서는 보다 근원적인 텍스트의 질적 변화가 이루어져야 한다. 20세기는 '방법론How'의 시대였다. 그러나 21세기에는 '무엇What'을 어떻게 연결해 제대로 말하는가가 중요하다. 정보는 다른 정보와의 관계 속에서 의미가 발생한다. 정보를 서로 비교하면 차이(변별)가 생긴다. '차이'가 무엇인지를 제대로 보여주는 텍스트가 아니면 종이책은 살아남을 수 없다. 종이책은 그래픽 디자인에 힘입어 그런 능력이 더욱 강화된다"고 썼다.

발명으로서의 책

•••••

그렇다. 이제 책은 달라져야 한다. 그것을 '발명'으로서의 책이라 부르면 어떨까. 새로운 장르라도 좋고, 새로운 텍스트라도 좋다. 가령 '본 디지털^{born digital}'로 생산해 가장 성공한 사례인 휴대전화소설(우리는 웹소설이라 부른다)만 해도 일본의 출판기획자인 우에무라 야시오가 일찍이 지적했듯이 "휴대전화소설은 '뺄셈'이다. 표현도 줄이고, 그림도 빼고, 글자 수도 줄여서 멋지게 '본 디지털'로 성공했다." 그러니 우리는 시대의 변화에 맞게 새로운 책을 발명할 줄 알아야 한다.

가령 정서경, 박찬욱의 『아가씨 각본』(그책, 2016)을 보자. 이 책은 출간 직후 알라딘에서 종합 1위에 오르기도 했다. 시나리오가 이렇게 관심을 끈 적이 있었던가. 박찬욱 감독은 이 책에 실린 '작가의 말'에서 "완성된 영화 〈아가씨〉의 팬들이 모인 커뮤니티를 자주 들락거리며 감탄하고 감동해 마지않던 모호필름 재무이사 김은희 씨는, 사람들이 이 영화의 각본을 열렬히 가지고 싶어 한다는 사실을 알고 남편에게 정식출판을 제안"했다고 밝히고 있다. 영상 시대에 살고 있는 우리는 이제 김은희 씨 같은 감각을 갖춰야만 한다. 공자가 쓰고 임자헌이 옮긴 『군자를 버린 논어』(루페, 2016)는 또 어떤가. 이 책은 『논어』 「학이」편의 첫 부분을 다음과 같이 번역했다.

> 공자가 말했다./ '배운 걸 자꾸 복습해서 내 것으로 만들면 정말 기분

좋지 않나요? 먼 데서 뜻 맞는 친구가 찾아오면 너무나 즐겁죠! 남이 나를 몰라줘도 열 받지 않으면 진짜 제대로 배운 사람 아니겠어요?' // 유자有子가 말했다./ '부모와 어른한테 잘하는 사람치고 윗사람에게 막나가는 사람은 드물죠. 윗사람에게 막나가지 않는 사람치고 어디 가서 깽판 치는 사람도 없어요. 제대로 배운 사람은 기본에 힘쓰는 법입니다. 기본이 잡히면 갈 길이 보이거든요. 그러니까 부모와 어른한테 잘하는 게 바로 사람다운 사람이 되는 기본인 거죠!'

이 책의 '머리말'에서 역자는 이 번역본과 다른 책의 차이점으로 "많은 차이 중에서도 가장 먼저 눈에 들어올 차이는 아마 이 책의 번역문 속에 공자와 논어의 트레이드마크라고도 할 수 있는 '군자君子'라는 단어가 전혀 등장하지 않는다는 점일 것이다. 물론 그 반대말인 '소인小人'도 보이지 않고, 다른 많은 곰팡내 나는 단어들도 마찬가지다"라고 밝히고 있다. "케케묵은 용어와 엄숙주의를 벗어던진, 역대 논어 중 가장 급진적인 우리말 번역"이라고 자랑하는『군자를 버린 논어』는 정말 잘 읽힌다. "종래의 고답적인 '원문-현토' 방식이나 '고문체' 방식에서 과감히 탈피하여 혁신적인 한글 번역"을 하니 이렇게 잘 읽히는 것을. 아마 다른 고전들도 새로운 번역이 나올 것 같다.

새로움이란 결국 생각의 차이

● ● ● ● ●

2016년 9월에 베스트셀러 1위에 올랐던『설민석의 조선왕조실록』(세계사, 2016)은 또 어떤가. 1996년에 출간된 박영규의『한 권으로 읽는 조선왕조실록』(웅진지식하우스)은 드라마 〈용의 눈물〉의 인기에 힘입어 판매에 불이 붙었고, 결국 밀리언셀러의 반열에 올랐다. 나는『베스트셀러 30년』(교보문고, 2011)에서 이렇게 썼다.

『조선왕조실록』을 한 권으로 축약해 역사서로는 드물게 130만 권이나 팔린『한 권으로 읽는 조선왕조실록』은 비록 대학에서 독일어와 철학을 전공하고 전문 글쓰기를 위한 10여 년의 노력을 거친 전문 집필가의 책이기는 하지만 역사학자가 쓴 책은 아니다. 이 책은 비전공자의 대중적 역사 쓰기라는 점 때문에 역사학계에서는 철저하게 외면받았다. (중략) 하지만 이 책은 대중의 역사인식 눈높이와는 절묘하게 맞아떨어져 이후 비전공자들이 쓴 대중역사서들이 봇물처럼 쏟아져 나오는 계기가 되었다. 비전문가 신인이 일을 낸 대표적 사례다.

딱 20년 만에 다시 나온『설민석의 조선왕조실록』은 차례부터가 재미있다. 저자는 조선 27대 왕에게 모두 '○○○ 호랑이'라는 저마다의 별명을 붙여주었다. 태조는 '이빨 빠진 호랑이', 정종은 '무늬만 호랑이', 태종은 '진짜 호랑이', 세종은 '위대한 호랑이', 문종은 '피곤한 호랑이', 단종은 '어린 호랑이', 세조는 '무서운 호랑이'. 그러나 호랑이가 되지 못하고 고양이에 머무른 두 왕이 있다. '도망간 고양이' 선조와 '나라 뺏긴 고양이' 순종이다. 강연 현장을 담은 글이라 매우 잘 읽힌다. 삽화도 재미있다.

이 책을 직접 편집한 세계사 대표 최윤혁은 2000년대 중반에 한 대학원에서 나의 '출판콘텐츠 기획론' 강의를 들었다. 나는 그 책을 보지 못한 상태에서 책이 잘나가는 이유를 물었다. 최 대표는 이렇게 말했다. "교수님(부끄럽지만 그는 이렇게 말했다)이 늘 새롭게 만들어야 한다고 가르치시지 않았나요? 저는 그 가르침에 따라 책을 만들었을 뿐입니다." 젠장. 내가 이제 제자를 만나 책의 발명에 대한 강의를 들어야 할 판이다. 어쩌면 우리는 지금까지 세상에 없던 책을 만들어내야 하는 운명에 처해 있는지도 모른다. 가시마 시게루는 앞의 글에서 다음과 같이 말했다.

오늘날 시집을 사는 사람은 거의 없지만 그래도 아주 없지는 않지요. 자기표출의 시로 환원되는 형태나 그런 것을 포함한 형태만이 활자 미디어로서 살아남을 겁니다. '자연스러운 문체를 대할 때 사람들은 크게 놀라고 기뻐한다. 한 작가를 만나리라 기대했는데 뜻밖에도 한 인간을 만났기 때문이다.' 파스칼이 한 말입니다. '그 책을 읽으며 저자가 아닌 인간을 만나는 책'이 자기표출형 책입니다. 책 내용은 모두 잊어버려도 그 사람과 내가 서로 공감했다고 느낀 기억만은 남습니다. 그러면 같은 저자의 다른 책도 사고 싶어집니다. 반면 저자밖에 만나지 못한 책은 같은 저자의 책을 사고 싶다는 마음이 안 생깁니다. 책에 독자가 붙는다는 건 그런 겁니다. 정보 외에 무언가 자기 표출이 있는 책은 사람을 끌어당깁니다. 지시표출형으로 보이는 산문에서도 언어의 배치, 치환, 문체 등으로 자기표출이 이루어지고 있어서 독자는 돈을 들여서라도 다음 책을 읽고 싶어 합니다. 이것이 표현의 원점입니다. 인터넷사회의 정보 속에는 없는 것입니다. 결국 거기까지 갈 수밖에 없다는 게 출판의 가까운 미래에 대한 제 예상입니다. 마지막에 남는 건 시집 정도겠지요. 그렇게 내리막길을 걸어도 출판이 완전히 없어지는 일은 없을 겁니다. 시집이 사라지지 않는 것처럼. 자기표출형 책은 정보가 아니어서 설령 인터넷에 공개되어 있다고 해도 하나의 물건으로서 소유하고 싶어집니다. 이것이 자기표출 미디어의 특징입니다.

　무섭다. 정말 마지막까지 살아남는 책은 무엇일까. 가시마 시게루는 "고서의 가격이 비싼 이유는 책에 작품성이라는 가치가 들어 있기 때문입니다. 출판도 인터넷사회 이후에는 개인출판처럼 일종의 창조행위로 돌아갈 수밖에 없습니다. 그렇다면 적은 부수로도 어떻게든 헤쳐 나갈 수 있습니다. 마지막에는 그렇게 되리라 생각합니다"라고 말했다. 그의 말 속에도 이제 책을 '발견'하는 것 이상으로 하늘 아래 없는 새로운 것을 '발명'해야만 마지막까지 살아남을 수 있다는 단언이 들어 있는 것 같다. 새로움이란 결국 생각의 차이다. 그 차이를 찾아내는 최상의 방법은 책을 함께 읽고 토론하는 과정에서 드러난다. 그러니 책이 절대로 사라지지 않을 것은 자명하다.

성장하지 않으면
미래도 없다

    확실히 우리는 하이콘텍스트 시대에 살고 있다. 〈기획회의〉 426호(2016년 10월 20일 자)에 실린 「왜 하이콘텍스트 출판인가」를 읽어본 이들이 여러 반응을 보내왔다. 그런 반응을 조합하면서 세상에 하이콘텍스트가 아닌 게 없다는 생각을 했다. 다만 〈기획회의〉 425호(2016년 10월 5일 자) 이슈 '타이인 퍼블리싱'이 그렇듯, 각도를 달리하다 보니 새로운 용어가 등장했을 뿐이다. 그렇다고는 해도 출판의 본질은 달라지지 않는다.

    책이라는 미디어는 저자가 쓴 글을 편집자가 잘 만들어서 독자에게 전달하는 것이다. 다만 형식은 시대에 따라 달라진다. 하이콘텍스트란 책에서 멀어져가는 독자를 붙잡기 위한 처절한 고투일 것이다. 하이콘텍스트 구조는 독자가 걸리면 내용과 관계없이 빠져나가지 못하게 만드는 형식(옷)이기 때문이다.

하이콘텍스트가 범람하는 시대가 되었지만, 하이콘텍스트가 만병통치약인 것은 아니다. 따라서 하이콘텍스트적 성격이 강한 책일지라도 잘 팔리지 않는 책도 많다. 대표적인 것이 잡지다. 잡지는 다양한 글을 싣는다. 신인의 글도 실리지만, 대가의 글도 실린다. 독자는 글 한 편을 읽기 위해 잡지를 구입하기도 한다. 만화잡지에 실린 인기 만화가의 만화 때문에 잡지를 샀다가 신인 만화가의 독특한 상상력에 반해 팬이 되기도 한다. 그러나 이제 잡지가 망해가고 있다. 한때 잡지는 수명 연장을 위해 '원 테마'를 선택해 책 전체를 하나의 주제로 꾸렸었다.

그러나 주제 중심의 편저인 총서나 신서도 잘 팔리지 않는다. 예전에는 하나의 주제에 맞는 글이나 저자가 여기저기에 발표한 글들만 모아놓아도 좋은 반응을 얻었다. 〈경향신문〉이 창간 70주년을 맞이해 출판계 전문가 57명을 대상으로 조사한 '1945년 이후 한국 사회에 가장 큰 영향력을 미친 책'에서 1, 2위에 오른 『해방전후사의 인식』(송건호 외, 한길사, 1980)이나 『전환시대의 논리』(리영희, 창작과비평사, 1974)가 바로 그런 책이다. 1980년대의 인문사회과학 시대를 주도했던 출판사들은 자랑할 만한 신서 하나쯤 가지고 있었지만, 지금은 그런 책들을 펴내는 출판사를 거의 찾아볼 수가 없다.

응답자 중의 일부가 〈사상계〉, 〈창작과비평〉, 〈문학과지성〉, 〈뿌리 깊은 나무〉 등의 잡지를 추천한 것에서도 편집자들은 시대를 초월해 하이콘텍스트에 대한 열망을 가지고 있었다고 볼 수 있다. 하지만 한때 좋은 시절을 만나 책을 팔아 '하늘에 닿을 만큼 재력을 쌓아놓고도' 이제는 책이 팔리지 않는다고 아우성을 치는 사람들이 없지 않다. 축적한 부동산은 그대로 두면서 제작비를 제대로 지급하지 않고, 직원들은 저임금에 시달리게 하며, 저자의 인세는 떼어먹거나 지급을 한없이 늦추는 자들이 적지 않다. 이래서 어찌 출판이 잘 될 것이라고 기대할 수 있을까.

3년 차 편집자들은 어디로 사라졌을까?
● ● ● ● ●

세상은 바뀌었다. 소셜미디어가 득세하고 있다. 그러니 이제 새로운 시장을 겨냥한 새로운 물건을 내놓을 수 있다. 1980년대에는 인문사회과학서, 1990년대에는 아동서와 청소년 도서, 대중소설, 2000년대에는 자기계발서, 2010년대 초반에는 셀프힐링에 관한 책들이 잘 팔렸지만 지금은 잘 팔린다고 할 만한 분야가 없다. 그러니 시대에 맞는 새로운 개념의 책을 펴내되 틈새시장을 잘 파고들어야 한다. 책을 팔아 돈을 버는 방식에도 전환이 필요하다. 새로운 흐름에 맞는 마케팅을 할 줄 알아야 한다.

이제 우리는 어떤 자세로 출판에 임해야 할까. 과거의 방식으로는 아무것도 이룰 수 없다. 책을 잘 만들어 홍보나 광고를 잘하고 이벤트만 적당히 벌이면 되는 시대는 지나갔다. 새로운 흐름에 맞는 마케팅을 잘 하기 위해서는 출판사 발행인이나 편집자가 마음가짐부터 새롭게 가다듬어야 한다.

나는 『한국의 출판기획자』(한국출판마케팅연구소, 2014)에서 "미래는 '편집적 사고'를 지닌 사람이 주도하는 세상이 될 것입니다. 다만 출판기획자는 편집뿐만 아니라 비즈니스의 마인드를 갖출 필요가 있습니다. 에디터editor이면서 퍼블리셔publisher(출판사 대표)가 되어야 한다는 것이지요. 이를 '퍼블리터publitor'라 부르면 어떨까요? 앞으로는 '1인 출판'으로 세상을 놀라게 하는 퍼블리터들이 속속 등장하는 세상이 될 것입니다"라고 말했다.

그로부터 4년이 지났다. 그런 사람들이 늘어났을까. 한 출판사에서 2~3년 차 편집자를 구한다는 공고를 냈다. 그러나 2~3년 차는 지원하지 않았고 연륜이 많은 사람들이 지원했다. 그 출판사는 결국 50대 나이의 편집자를 뽑았다. 출판사 대표는 자신의 일을 그 편집자에게 넘기고 다른 일에 주력하겠다고 말했다고 한다. 하지만 요즘 50대 편집자는커녕 40대 편집자도 찾아보기 어려운 것이 현실이다.

출판사들은 늘 "3~4년 차 편집자 구하기가 하늘의 별 따기만큼이나 어렵다"고 말한다. 신입이나 출판 경력이 꽤 되는 구직자들은 넘쳐나는데, 유독 3~4년 차 편집자들은 공고를 내고 오래 기다려도 지원서조차 잘 들어오지 않는다는 것이다. '3년 차 편집자들은 다 어디로 사라졌을까' 특집을 꾸리면서 〈기획회의〉 편집진이 조사한 바에 따르면 실제로 sbi 8기(2013년 3월 졸업, 현재 3~4년 차) 편집자반 졸업생 전체 24명 중 절반 이상인 14명이 출판계를 떠났거나 쉬고 있다고 대답했다고 한다. 게다가 현업에 있는 나머지 10명 중 일부도 '기회가 된다면 편집자 말고 다른 일을 하고 싶다'라고 대답한 이들이 있었단다. 물론 이 작은 집단의 사례가 일반적이라고 말할 수는 없겠지만, 3년 차 편집자 구인이 어려운 오늘날 출판계 현실을 보여주는 직접적인 하나의 예라고 볼 수 있다. 도대체 3년 차 편집자들은 다 어디로 사라진 것일까. 하긴 신입 편집자가 없는데 어찌 3년 차 편집자가 나타나겠는가.

상황이 이렇게 된 이유가 뭘까. 교정교열 업무의 외주가 일반화되면서 출판경영자의 편집자에 대한 인식이 달라졌다. 솔직히 지금 외주교열비는 밝히기가 부끄러운 수준이다. 편집자 인건비의 3분의 1 수준이면 책을 한 권 만든다는 이야기도 나온다. 신입 편집자의 인건비가 아무리 낮아도 외주비보다는 훨씬 높다고 하니 기가 찰 노릇이다. 기획력을 갖춘 편집자가 아니라면 대우도 만족할 만한 수준이 되지 않는다. 그러니 어렵게 출판계에 입문했더라도 3년을 버티지 못하고 제 발로 떠나는 것이 아니겠는가.

물론 편집자는 교정교열만 하는 사람이 아니다. 일본의 전설적인 편집자 마쓰다 데쓰오는 '편집자는 ○○다'라는 정의의 빈칸에 들어갈 단어로 독자, 수집가, 잡무담당자, 서비스업, 교정자, 제작자, 디자이너, 영업자, 비평가, 작가, 학자, 기획자, 프로듀서 등 무려 13가지를 열거했다. 편집자는 그야말로 '만능인'이라 할 수 있다. 이런 능력을 모두 갖추려면 3년으로는 불가능하다. 게다가 소셜미디어가 등장하면서 편집자가 해야 할 일은 엄청나게 늘어났다. 전자책 시대가 되면서 편집 단계에서 전자책과 종이책을 동시에 따로 편집할 줄 알아야 하고, 적어도 페이스북 페이지라도 만들 줄 알아야 한다.

출판의 새로운 황금기를 만들어가려면

● ● ● ● ●

　최근 출판 불경기가 지속되면서 모험적이든 안정적이든 성장을 위한 장기 비전을 세우는 출판사를 찾아보기 어렵다. 그저 버티기에 급급하다. 그러니 편집자를 키울 여력이 있는 출판사가 많지 않다. 현장에서 경력을 쌓아야 할 것인데 당장 성과를 내야 한다고 재촉하면 버틸 수 있는 편집자는 많지 않다. 역사가 있는 출판사 중에도 '가족기업'으로 변하면서 퇴보하는 출판사가 한둘이 아니다. 하물며 정년퇴직을 꿈꾸기도 어렵다. 하루아침에 쫓겨 나가지 않으면 다행이라고 해야 할까.

　편집자의 연봉은 어떤가. 몇 년 전 일이긴 하지만 부동산이 많다고 자랑하고 역사가 50년이 넘은 출판사에서 편집자에게 제시하는 연봉이 1,200만 원 수준인 것을 알고 매우 놀랐었다. 다른 출판사들도 1,500만 원이 넘는 경우가 별로 없었다. 지금이라고 다를까. 지방에서 올라온 사람이라면 집세, 휴대전화비, 교통비만 합해도 한 달에 70만 원은 든다. 거기에 라면만 먹어도 100만 원이다. 아파도 병원에 갈 수 없는 인건비를 주면서 편집자로 일하라고? 이런 상태에서 "편집자는 시대의 창조적인 디렉터", "편집자는 엘리트 혹은 프로페셔널한 직업", "편집자는 공간의 사제"라는 사탕발림이 통하기나 할까.

　출판 경영자도 고민이 없지 않을 것이다. 막연하게 '좋은 책'이라는 추상적, 도덕적 담론에 빠진 편집자라도 만난 경영자라면 힘이 빠질 것이다. 책의 사이클타임(생애주기)이 크게 줄어드는 상황에서 팔리는 책이라도 내자면 상업주의의 화신이라도 되는 양 몰아치는 편집자도 있기 때문이다. 편집자가 역량을 제대로 발휘하려면 책을 많이 읽어야 할 것인데, 전날 퇴근하면서 집어던진 가방을 그대로 들고 나오는 편집자도 적지 않을 것이다.

편집자로 오랫동안 일한 어떤 이는 "성장하지 않는 회사에서 편집자의 미래는 없고, 또 성장을 제대로 분배하지 않는 회사에서 편집자가 오랫동안 공들여 일할 리 없다. 성장기라면 어찌어찌 인재를 구할 수 있어도 지금은 상당히 어려운 문제로 바뀌었다. 버텨내기도 급급한 소출판사가 다양성을 만든다는 잘못된 이데올로기에서도 벗어나야 한다. 편집자가 정년퇴직을 할 수 있는 구조에 대한 전반적인 성찰이 필요하다"고 했다. 전적으로 동감한다.

지금 우리 사회는 극단적으로 양극화되어 있다. 한마디로 대격차 사회다. 기술의 진화는 소득의 대부분을 상위 1%에 몰아주고 있다. 곧 0.1%로 몰릴 것이다. 로봇, 고성능의 소프트웨어(앱), 인공지능(AI), 사물인터넷(IOT) 등의 자동화 기술들은 하늘 높은 줄 모르고 성장하고 있다. 이로 인해 중산층이나 과거에 잘나가던 의사, 변호사, 교수 등이 급격하게 몰락해가고 있다. 의대에 진학하는 사람들이 앞으로 살아남기 위해서는 의사가 되기보다 바이오테크놀로지를 제대로 배울 필요가 있다. 이미 빚에 쪼들린 의사들은 월 급여가 250만 원 수준인 요양병원 야간당직 자리도 구하지 못해 안달이다.

중산층의 몰락은 책 시장의 침체를 불러오고 있다. 대학의 상황을 살펴보자. 학령인구가 줄어들자 정원을 줄이는 데 혈안이다. 교수를 뽑아도 입에 풀칠하기도 어려운 수준인 저임금의 비정년만 뽑는다. 책을 마땅히 읽는 '리딩 퍼블릭'의 대표 주자 중 하나였던 대학교수가 책을 사 볼 돈도, 시간도 없다. 대학이 몰락하고, 대학의 지식 생산 패러다임마저 몰락한 세상에서 대학교수에게 미래가 있을까. 대학들은 버티기에 급급하다. 정부는 그런 대학을 길들이는 수단으로 연구과제(물론 연구를 진작하는 본연의 목적이 없지 않지만)를 활용한다. 비정규직 교수들은 그렇게 따낸 연구과제를 수행하느라 책을 읽거나 쓸 시간이 별로 없다. 덕분에 생산자와 독자를 동시에 잃은 출판 시장은 크게 축소되고 있다.

그렇다면 대안은 없을까. 내게도 뾰족한 대안이 있는 것은 아니다. 나는 신입 편집자들에게 앞으로 10년 이내에 출판사를 차려서 독립할 실력을 쌓지 않을 것이라면 시작부터 하지 말라고 말하곤 한다. 그만두라는 말이 아니다. 회사 내에서 일하더라도 하나의 브랜드를 이끌 능력이 없으면 살아남을 수 없다고 본다. 나는 출판경영자가 자신의 소유욕을 다소 희생하더라도 편집자들의 창조성을 키우려는 노력을 해야 한다고 생각한다. 물론 소유욕이야말로 경제가 발전할 수 있는 기본 틀이다. 그러나 앞으로 창조적인 일을 할 수 있는 사람을 모으려면 직원과 회사를 공유하겠다는 정신이 없으면 힘들 것이다.

왜냐고? 기술의 발달은 개인의 힘을 키웠다. 토머스 프리드먼은 『경도와 태도』(21세기북스, 2010)에서 이 시대를 이끄는 힘은 국가나

대기업이 아닌 개인에게서 나온다고 했다. 그는 '초강대개인'이라는 개념을 내놓았다. 제이슨 엡스타인은 2001년에 펴낸『북 비즈니스』에서 "출판사는 디지털 기술로 말미암아 이전과 같은 가내공업의 장인과 같은 업무로 회귀할 수 있게 될 것이며, 미래의 책은 대형 출판사에 의해 만들어지는 것이 아니라 편집자 또는 출판인으로 구성된 소규모 팀에 의해 만들어지게 될 것이기 때문에 우리들은 현재, 출판의 새로운 황금기의 입구에 서 있다"고 말했었다. 지금이 바로 그 시대 아닌가. 다만 편집자가 세상을 움직일 수 있는 개인이 되기 위해서는 출판 시스템에 대한 완벽한 이해부터 필요하다. 그러니 어떤 자리에서라도 3년을 버틸 수 있는 덕목만큼은 갖춰야 할 것이다.

펼침면 하나에
모든 것을 담아야 하는
이유

2000년에는 한때 방송과 신문의 사이가 좋지 않았다. 그때 최대부수를 자랑하던 한 신문은 방송비평이라는 것을 연재하고 있었다. 그 글의 필자는 밀리언셀러에 올랐지만 나중에 표절한 책으로 드러난 『일본은 없다』의 저자 전여옥이었다. 당시 그는 "TV는 '영상 매체'가 아니라 '활자 매체'"라고 하면서 "TV 보기는 곧 글자 읽기다. 온갖 오락 프로그램은 물론 토크쇼 주인공들이 '하시는 말씀' 한마디 한마디가 시시콜콜하게 자막으로 처리된다. '되게 힘들어' '짱이야' 하는 '말도 안 되는 글'까지도 시청자는 읽어야 한다. 그것도 모자라서 제작진의 갸륵한(?) 의도를 담은 자막까지도 읽어줘야 한다. '분함에 못 이겨 부르르 떠는 ××' 식의 화살표와 함께 악다문 개그맨의 이가 클로즈업된다"고 말했다.

문자와 영상의 상보적 결합, 펼침면

● ● ● ● ●

그는 영상매체에 문자가 범람하는 이유를 제대로 이해하지 못했던 것 같다. 아니면 신문 편에 서서 무조건 방송을 비난해 억지로라도 점수를 따고 싶었거나. 어쨌든 그의 분석은 기가 찼다. 그가 보기에 "시청자란 꼭 집어주고 찔러줘야 반응하는 뇌 없는 로봇"에 불과했다. 그리고 "시청자를 이렇게 취급하는 나라의 원조는 일본"이었다. 일본은 "TV가 '영상 매체'임을 포기하고 활자 매체의 시녀가 된 대표적 나라"였다. 그러나 더 가관인 것은 그의 결론이다.

일본인을 가리켜 '12살짜리 뇌를 지닌 국민'이라고 표현한 맥아더. 비록 노병은 사라졌으나 그의 말은 지금 일본 TV의 '제작 방침'이 되어 있는 것이다. 그런데 요즘 우리 TV가 일본 텔레비전의 그런 '참을 수 없는 가벼움'에 의해 완전히 점령당했다. 수많은 자막과 인형, 테이프 뜯어내기, 차트 설명판이 무슨 대단한 연출과 소도구나 되는 양 판을 치고 있다. 문제는 우리 국민이 일본인이 아니라는 점이다. 독립적이고 공격적이고 선이 굵고 생각이 많은 '벤처 기질' 넘치는 한국인에게 유독 우리 TV는 이미 케케묵고 한물간 '일본적 기질'을 먹이려 든다. 세상이 바뀌었다. 그런데 한국 TV는 아무것도 모른다. '먹지 않겠다' '읽지 않겠다'는 시청자의 소리가 들리지 않는가? 그런 한국 TV야말로 눈도 멀고 귀도 먹었다. TV의 영원한 본질은 '보는 것'이다.(전여옥,「요즘 TV는 보지 말고 읽어야」,〈조선일보〉 2000년 5월 2일 자)

일본인이 12살짜리 뇌를 가진 국민이라서 TV에 활자가 넘친다고 말하는 것은 일본인에 대한 명백한 명예훼손이다. 왜 이런 일이 벌어졌을까. 영상이 범람하기 시작하자 영상이 살아남기 위해 어쩔 수 없이 벌인 일이다. 영상의 가장 큰 결점이자 한계는 정보의 '휘발성'이다. 인간은 금방 본 것도 잊어버린다. 애인과 함께 영화를 보고 이야기를 나누어보라. 아마도 기억하는 것이 분명 다를 것이다. 어쩌면 "그런 장면이 있었어?" 하고 놀라기도 할 것이다.

나는 IMF 사태 직후인 1999년에 〈일자리 100만 개를 만듭시다〉라는 KBS의 생방송 프로그램에 출연한 적이 있다. 녹화가 2시간이나 진행된 이 프로그램에 나는 태어나서 처음 얼굴을 내밀었다. 제작진은 내게 무슨 이야기를 해도 좋으나 이 부분에서 이것만은 정확하게 '읽어 달라'고 신신당부했다. 그러나 나는 제대로 읽지 못했다. 노련한 아나운서들이 처음부터 다른 패널에게 묻기로 한 것을 실수로 내게 물어보는 바람에 나는 혼비백산해 제정신이 아니었다. 겨우 수습하고 보니 방송은 끝나 있었다.

그때 제작진이 정확하게 '읽어 달라'고 한 내용은 아마도 자막으로 나갔을 것이다. 그리고 그 방송은 출판의 역사를 시대별 영화의 자료 화면으로 요약해 설명했다. 제작진은 '12살짜리 뇌'를 가진 이들이 아니라 방송이 살아남는 방법을 실천하려고 분투하는 전문가들이었다. 영상이 범람하는 시대에 대부분의 영상은 문자로 설명해주지 않으면 대중이 쉽게 이해할 수가 없다. 난해한 이야기가 장시간 계속되는 방송을 지켜볼 사람이 과연 있을까. 그러니 그들은 시청률을 올리기 위해 일부러 그런 노력을 기울이고 있었다고 볼 수 있다.

아이러니하게도 영상 시대에 이르러서야 '문자 르네상스' 시대가 도래했다. 문자만 독주하던 시대에서 벗어나 영상이란 새 경쟁자가 나타나자 문자는 제빛을 발하기 시작했고, 영상은 문자의 도움 없이는 살아남기 어려워졌다. 이것은 달리 말하면 영상이 치명적인 한계를 지니고 있다는 것을 의미한다. 나는 그즈음 영상매체에 문자가 범람하는 현상에 대해 다음과 같이 설명했다.

인간은 영상정보라는 '빛나는' 소금을 자꾸 들이켜다 보니 다시 '물'이 켜지기 시작했다. 이것은 영상화가 도저히 채울 수 없는 빈자리가 있다는 것을 뜻한다. 아니, 영상화가 진전되면 진전될수록 비워지는 자리가 늘어난다는 것을 뜻한다. 정보를 습득하기에는 더할 나위 없이 좋은 환경이 조성되어서 초등학생 정도의 수준만 되어도 온갖 정보를 검색할 수 있지만 정보를 가공하고 판단하는 능력은 키워지지 않는다. 학교에서는 무엇을 가르칠 것인가를 고민하지 않아도 되는 환경이 조성되었지만 어떻게 배울 것인가 하는 방법론을 다시 가르쳐야 하는 새로운 문제에 직면했다. 컴퓨터와 같은 폐쇄된 체제에 적응하는 방법을 가르치는 것이 아니라 인간다운 삶을 영위할 수 있는 역량을 키우는 방법을 가르쳐야만 하는 시대가 도래한 것이다.(「디지털 시대의 출판」, 〈문화일보〉 2000년 7월 13일 자)

이렇게 영상은 문자와 상보적으로 결합하기 시작했다. 그렇다면 문자 정보를 담은 제왕처럼 권위를 누리던 최고의 매체인 책은 어떤가. 책 또한 영상의 존재를 무시하고는 살아남을 수 없었다. 그러니 책에 영상 이미지를 삽입하기 시작했다. 남들이 하니까 나도 한다는 식으로 구색을 갖추기 위해 적당히 넣는 것이 아니라 제대로 넣어야 했다. 그러기 위해서는 펼침면을 하나의 페이지로 보는 인식이 필요했다. 영화와 TV에 이어서 등장한 컴퓨터를 일상적으로 바라보는 대중을 의식하다 보니 어쩔 수 없이 그래야만 하는 일이었다. 그렇게 문자는 영상과, 영상은 문자와 상보적으로 결합하면서 상생하기 시작했다.

특히 그림책은 영상을 뛰어넘는 실력을 보여줘야만 했다. TV와 컴퓨터의 고정된 화면과는 형태를 달리하는, 세로보다 가로가 훨씬 큰 판형을 사용하면서 페이지를 나누지 않고 펼침면을 한 화면의 그림으로 채운 그림책은 직사각형의 획일적인 디지털 영상이 도저히 따라올 수 없는 감동을 안겨주기 시작했다. 한 권의 그림책으로 영화 한 편보다 더 큰 감동을 느끼는 것은 이런 이유일 것이다.

촉각적 존재감을 회복하는 새로운 책의 세계
●●●●●

디지털 영상이 넘쳐나면서 시각문화가 획기적으로 달라지기 시작했다. 어차피 종이책은 정보를 저장하거나 전달하는 속도와 양에서 디지털 매체를 이겨낼 수 없었다. 그러니 종이책은 디지털이

할 수 없는 일을 해야만 했다. 그중 하나가 종이책의 물성을 키우는 것이다. 한국의 선구적인 북디자이너 정병규 선생은 "정보의 시니피에적 차원에 갇혀 있던 책의 세계가 이제 시각적 표현의 시니피앙적인 층위까지 그 영역이 넓어"지면서 "책의 세계는 디지털 이전까지의 제왕적 오만함에서 벗어나 디지털의 장점과는 경쟁을 포기하는 동시에 새로운 책의 세계, 책의 촉각적 존재감을 회복"하게 된다고 말했다.

인류의 탄생에서부터 오늘에 이르기까지 유럽과 아프리카, 아메리카를 아우르는 200여 개 나라의 역사가 총망라된 『더 타임스 세계사』(리처드 오버리 총괄 편집, 예경, 2016)를 보자. 총 7장으로 구성된 이 책의 1장에서는 인류의 기원, 현생 인류의 확산, 빙하시대 세계, 수렵생활에서 농경생활로, 최초의 도시들이 생겨나기까지, 초창기 유럽, 아프리카 사람들과 문화, 아메리카 대륙 사람들, 문명 이전의 동남아시아, 오스트레일리아, 멜라네시아와 폴리네시아 등 모두 11개의 항목이 다루어진다. 각각의 항목은 모두 펼침면 하나로 정리되었다. 판형이 가로 262mm, 세로 362mm인 이 책은 펼쳐놓으면 가로 길이가 524mm가 된다. 각 항목은 524×362mm의 대형 화면에 글뿐만 아니라 여러 장의 지도와 사진, 도표와 연표 등으로 완벽하게 구성되어 있다. 이렇게 세계사는 480쪽의 책에 치밀하게 정리되어 담겨 있다.

이런 책은 한 번 읽고 버리는 책이 아니다. 누구나 가까이 두고 늘 읽어야 하는 책이다. 교사와 학생이, 부모와 자식이, 아니면 친구끼리 함께 읽고 토론할 수 있는 책이다. 수업을 하더라도 칠판 크기의 화면에 펼쳐놓고 장시간 토론해도 좋다. 펼침면 하나가 대단한 역할을 할 수 있다는 것을 우리는 이 책을 통해 확인할 수 있다. 하지만 이런 편집은 결코 쉽지 않다.

이 책은 국내에 처음 출간된 책이 아니다. 2009년에 한 출판사가 이 책의 7판을 번역해 출간하면서 펼침면 하나를 4쪽으로 늘렸다. 그리고 완벽한 편집은 완전히 무너져버렸다. 이 책의 장점을 포기하고 이렇게 엉망으로 만든 이유는 단 하나, 페이지를 늘리기 위함이었다. 페이지를 늘려 두 권으로 만든 책의 정가는 각 권 12만 원(모두 24만 원)이었다. 그러고는 반값으로 할인해서 팔았다. 사람들은 할인의 단맛에 취해 책을 구입했지만 사실 '쓰레기'를 산 것이나 마찬가지였다. 심지어 어떤 언론은 이런 책이 출간된 것 자체가 경이적이라고 호들갑을 떨기까지 했다. 이제 우리는 이런 식으로 책을 출간해선 안 된다.

예경은 이 책에 5만 6,000원의 정가를 붙였다. 온라인서점에서는 5~10% 할인해서 판매한다. 이 책은 금요일에 출고하기 시작했지만 월요일에 초판이 매진되어 곧바로 예약판매에 돌입했다. 이런 책이 팔리지 않을 리가 없다. 이 책은 1978년 초판 출간 이후 19개 언어로 번역되면서 250만 부 이상 판매되었다. 곧 출간 40주년을 맞이하면서 9판이 다시 출간될지도 모르겠다. 아마도 이 책의 출간 자체가 누구에게는 필생의 사업일 것이다. 우리라고 40년간 꾸준히 세계 지성인들의 사랑을 받아온 세계사 필독서가 된 이런 책을 만들지 못할 이유는 없다. 물론 자본과 품과 정성이 많이 드는 작업이다. 그렇다고 해도 우리가 언제까지 이런 책을 수입만 할 수는 없는 일이 아닌가. 이제 누군가는 시도해보아야겠지만 그럴 전망이 거의 제로에 가깝다는 것이 문제일 뿐이다.

출판사
광고 의존도 상승의
진정한 의미

현장 영업자였던 나에게 대형 베스트셀러라는 첫 행운이 찾아온 것은 1990년이었다. 이은성의 『소설 동의보감』은 상·중·하가 완간이 된 이후 두 달 반이 지나도 책이 잘나갈 기미가 보이지 않았다. 창비 역사상 최초로 일간신문에 5단통 광고를 하고도 반응이 너무 저조했다. 나는 좌불안석이었다. 그때 구원의 손길을 뻗친 이가 교보문고의 문학팀 과장이었다. 그의 소개로 〈조선일보〉에 이문열이 쓴 서평이 실리자 창고에 있던 5,000질의 책이 한순간에 사라졌다. 이후 이 책은 400만 부가 팔리며 1990년대 초반의 대하역사소설 트로이카 체제를 이끌었다.

서평이 독자의 마음을 움직인다는 사실은 어느 시대나 변함이 없다. 다만 어떻게 평가하느냐에 따라 달라질 것이다. 매체 환경도 달라졌다. 최근에는 블로그에 책을 소개하면 초판 정도는 빠르게 소화되는 일을 종종 겪는다. 책을 읽을 만한 독자에 맞춰 글을 썼을 때 좋은 반응이 따른다는 것은 두말할 필요가 없을 것이다. 이후 나는 각종 이벤트를 통해 책의 판매부수를 크게 늘린 경험을 여러 번 했다. 광고로 효과를 본 경우가 없지 않았고, 아홉 군데의 여성지에 기사가 소개되는 바람에 베스트셀러가 된 경우도 있었다.

독자, 서점에서 책을 보고 구매하다
• • • • •

2016년 5월 25일에 출판 영업자들이 주최한 '한국출판유통 대토론회'에서 한 발표자는 출판사들의 광고 의존도가 높아졌다고 주장했다. "대형서점과 온라인서점의 매출이 올랐다는 것은 광고가 늘었다는 것을 방증하고 있다"는 것이다. 그가 구체적인 데이터를 제시하지는 않았지만 이 주장에 대해 반론하는 사람은 없었다. 여기서의 '광고'는 무엇을 의미할까.

곰곰이 따져보니 이제 대형서점에 책을 진열하는 것부터 돈이 든다. 매대를 사야 책이 진열되는 것이다. 차라리 서점이 백화점처럼 출판사들에게 입점하라고 해서 판매 수수료를 챙기는 편이 편할 것이다. 대형 출판사는 장기적으로 판매대를 유지하는 비용을 댈 것이니, 어쩌다 전략상품을 펴낸 출판사는 매대를 사고 싶어도 자리가 없을 것이다. 그러니 매대를 추첨한다거나 동일한 책이 네 줄 이상 함께 진열된 책들은 모두 매대를 사서 진열한 것으로 보면 된다는 이야기가 들린다. 『채식주의자』로 맨부커상 인터내셔널을 수상한 한강의 책들은 없어서 팔지 못했으니 그렇지 않을 것이다. 그러나 그런 예외는 그야말로 가뭄에 콩 나는 것처럼 드물다.

온라인서점의 초기 화면에 책을 노출하려면 돈이 들어간다. 공급률을 55% 이하로 낮추는 것은 물론이고 사은품도 제작해 바쳐야 한다. 광고비도 적지 않게 들어간다. 초기 화면에 띄운 책의 매출이 오르지 않으면 곤란하다는 서점 담당자의 말에 출판사는 사재기를 해서라도 초기 매출은 감당해야 한단다. 그러니 졸지에 베스트셀러에 오른 책들의 절반 이상은 사재기가 이루어진다고 봐도 무방하다는 영업자마저 있다.

그러니까 앞에서 발표자가 말한 '광고'는 서점에 책을 진열하는 비용을 뜻한다고 볼 수 있다. 이전에는 대형서점에서 신간을 차례대로 깔아주었다. 그러나 지금은 서점에 찾아가 담당자와 면담한 후 부수를 확정해야 한다. 이때 뒷거래가 이루어질 확률이 높다. 대형 시리즈의 경우 '45%에 몇만 부 입고'가 장기간 이루어졌다는 이야기가 들리기도 했다. 잘나가는 책을 내놓은 출판사조차 서점에 큰소리치지 못하는 것은 '초기화면 노출'이 되지 않고 서점에 책이 집중적으로 진열되지 않으면 책 판매부수가 줄어들어 베스트셀러 순위에서도 밀려나니, 어쩔 수 없이 하는 선택이라고 할 수 있다.

출판사 사장들은 마케팅에 능한 사람보다 대형 온라인서점 MD와 친한 사람을 찾는다고 한다. 과거에 책 잘 만드는 편집자보다 신문사 문화부 기자들과 친한 편집자를 선호한 것이나 마찬가지다. 사람 사는 세상에 인간관계가 작동하지 말란 법이 없으니 아마도 비용을 들이지 않고도 광고(이제 출판 광고는 사전적 의미도 바꿔야 할 것이다)를 할 줄 아는 사람의 몸값은 치솟을 것이다. 하지만 그런 사람을 과연 찾을 수 있을까.

왜 이런 일이 벌어지는 것일까. 책의 노출이 가장 중요하기 때문이다. 책의 발견과 연결성이 중시되는 것도 그런 이유일 것이다. 2014년 10월에 일본 출장을 떠났을 때 〈요미우리신문〉은 독서주간을 맞아 사전에 전국여론조사를 실시해 10월 19일 자에 독서 실태를 발표했다. 내가 그 여론조사에서 가장 주목했던 것은 "책을 선택하는 계기가 무엇이냐"는 질문에 대한 답변이었다. "서점에서 책을 직접 보고 고른다"가 무려 42%, "신문이나 잡지 등의 광고를 보고"가 27%, "신문의 서평을 읽고"가 22%였다.

광고나 서평보다 중요한 것이 독자 자신의 감식안이었다. 자신의 눈으로 직접 보고 책을 산다는 이야기다. 독자는 서점에서 책의 표지, 앞날개, 차례, 서문 등을 살펴보고 책을 구매한다. 심지어 모두 읽어보고 책을 구매하기도 한다. 책을 많이 읽은 고급독자일수록 자신의 안목을 중시할 수밖에 없다. 오프라인 대형서점이 즐비한 일본이니 42%가 직접 책을 보고 '견물생심'으로 책을 구입한다고 볼 수 있다. 그러니 출판사 영업자는 '눈먼 고기도 집어 간다'는 알토란 같은 자리에 자사의 책을 진열하려고 목숨을 걸 것이다.

대형서점과 온라인서점에 미래가 있을까

● ● ● ● ●

나는 일본에 갈 때마다 자주 들르는 서점에서 알토란 같은 자리에 놓인 책을 꼭 살펴보는 버릇이 있다. 한번은 『과장의 교과서』라는 책이 진열되어 있었다. 엥, 이게 뭐지? 고양이마저도 부장을 한참 지나 CEO가 되었을 정도로 CEO 열풍이 지나간 지가 언젠데 이제야 과장課長이라니? 나는 그날 그 서점의 잡지 코너를 누비기 시작했고 결국 그 이유를 알아냈다.

일본의 사토리 세대는 유토리 교육을 받고 자랐다. 쉽게 말해 아이에게 문제가 있을 때마다 언제든지 달려와 문제를 즉각 해결해주는 헬리콥터 부모 밑에서 자란 이들은 남들이 얕잡아 보는 것을 매우 싫어한다. 『미움받을 용기』는 그런 심리를 감안해 만든 제목일 확률이 높다. 그런데 이들이 대기업에 취직하고 앓는 병이 입사한 지 1년 이내에 그만둘까 말까를 고민하는 '신입사원 사춘기'였다. 귀하게 자란 사람들이 경쟁에서 살아남으려고 목숨을 거느니 차라리 회사를 떠나는 것이다. 이것을 '신입사원 손절매'라고 했다.

원래 손절매란 주가株價가 더욱 하락할 것으로 예상하여 가지고 있는 주식을 매입 가격 이하로 손해를 감수하고 팔거나, 보유하고 있는 부동산의 가격이 오를 전망도 없고 은행의 이자 부담도 커서 손해를 보고 부동산을 파는 것을 뜻했다. 그런데 그 말이 이런 일에까지 불려 와서 고생깨나 하는 셈이다. 하여튼 '신입사원 손절매'를 하는 사람이 두 명 중 한 명꼴이었다. 기업으로서는 6개월 이상 연수를 시켜놓은 우수한 사람들 둘 중 하나가 회사를 떠나니 난감했다. 그렇다고 다시 뽑아놓아도 상황이 달라질 것 같지가 않았다.

그래서 일본의 기업들이 타개책으로 선택한 것이 '부하수당'의 신설이었다. 과장급 직원에게 대졸 초봉에 버금가는 20만~30만 엔을 주면서 부하 직원에게 술을 사주든 아무 데나 데리고 가서 놀든 부하를 제대로 관리해 그만두지 못하게 하라는 것이었다. 무슨 짓을 해도 좋다며 영수증을 제출하지 않아도 된다고 했다. 하지만 이게 어디 쉬운 일인가. 그래서 매뉴얼을 만드는 데 선수인 일본인들이 그런 스트레스를 받는 과장들을 위해 만든 책이 바로 『과장의 교과서』였다. 이 책은 서점의 황금 같은 자리를 차지하면서 두 달 만에 10만 부나 팔렸고 그해 연말에는 조직 관리의 중요성이 키워드로 뽑히기도 했다.

이야기가 잠깐 옆길로 샜다. 하여튼 서점에서 책을 직접 보고 사는 비율이 가장 높은 책은 아마도 그림책일 것이다. 그림책은 어른이 5분 만에 서점에서 모두 읽고 구입해 집에 가져가 1년 내내 아이와 함께 읽는다. 일본의 출판사들은 그림책을 전자책으로 만들지 않기로 암묵적 합의를 했다는 소식도 들린다.

한편 어린이와 청소년을 대상으로 한 책은 전문가의 서평이 매우 중시되는데, 한때 어린이도서연구회(어도연)가 부여한 별점이 책의 운명을 좌지우지한 적도 있다. 그런데 지방에 있는 사람들은 그림책을 직접 볼 수가 없다고 하소연하는 경우가 많았다. 내가 어도연의 지방조직에 강연을 여러 차례 갔는데, 정말 열심히 책을 읽는 분들이 그런 어려움을 하소연하곤 했다. 포항에 거주하시는 분들은 대구나 부산에 가도 원하는 그림책을 구하지 못하는 경우가 많다고 했다. 아마도 이런 이유로 어도연은 도서정가제를 가장 열렬히 옹호하고 있을 것이다.

현재 우리 그림책은 세계에서 각광받고 있다. 과거에 영광을 누리던 영미권과 일본의 그림책은 정체 상태지만 프랑스와 한국의 그림책은 세계에서 선두권을 달리고 있다. 그래서 볼로냐도서전에서는 거의 해마다 우리나라 작가들이 상을 타고 있다. 그러나 현재 한국 출판시장에서 그림책과 그림책 작가들은 찬밥 신세다. 그림책 판매가 1년에 1만 부를 넘기 어려우니 그림책 작가가 되려는 사람이 거의 없다. 이제 신간 그림책이 나오자마자 바로 주목을 받는 작가는 백희나, 최숙희, 김영진 등 손가락으로 꼽을 정도다.

결국 대형서점과 온라인서점이 매대나 초기화면을 돈 받고 판매하니 이런 현상이 나타나는 것이 아닐까. 악화가 양화를 구축하니 빈곤의 악순환이 지속되는 것 아닐까. 1990년대에 어린이책 전문서점에서 좋은 그림책을 원 없이 보고 자란 이수지는 세계가 인정한 작가가 되었다. 과연 앞으로 그런 작가가 나올 수 있을까. 출판 한류와 문화융성은 과연 가능할까. 그런 일은 차치하더라도 대형서점과 온라인서점의 미래는 과연 있을까.

나는 토론회에 참석하면서 수많은 서점인을 떠올렸다. 좋은 책이 나오면 입에 침이 마르도록 독자를 설득하던 서점인들. 정말로 좋은 책을 추천해서 베스트셀러를 만들어주던 교보문고의 S씨. 그들에게 정말 죄송스러웠다. 그들이라고 대형서점과 온라인서점이 돈을 받고 매대(또는 초기화면)를 판다는 사실을 모르지 않을 것이다. 그리고 독자들은 과연 어떨까. 독자들은 그렇게 좋은 자리를 차지한 책을 읽다가 실망해 지금은 책을 손에서 놓지 않았을까. 서점의 매장에 무조건 좋은 책이 진열되어 의외의 반응을 얻는 일이 날마다 생길 수 있도록 특단의 대책이 시급하다.

사전은
권력이다

　20세기 말에 언론에서 종이책의 장송곡이 잘못 울려 퍼지게 한 것은 근대적 백과사전의 원조라고 할 수 있는 『브리태니커 백과사전』이 종이책 생산을 중단한다는 발표였다. 경제적 어려움으로 1995년에 소유권이 다른 회사로 넘어간 『브리태니커 백과사전』은 1999년 온라인판을 내면서 종이책에서 손을 떼겠다고 공식 선언했고, 이후 수많은 백과사전의 온라인판 제작이 서둘러 진행되었다.

　CD-ROM판 최초의 백과사전은 1993년에 출현한 마이크로소프트의 『엔카르타Encarta』다. 1995년에 '윈도우95'로 세계를 하나의 네트워크로 연결하는 데 결정적인 기여를 한 마이크로소프트는 기존에 있던 적당한 백과사전을 몽땅 사들여 전자적으로 재편집한 뒤 컬러와 음향, 동영상을 넣어 화려한 멀티미디어 백과사전인 『엔카르타』를 완성했다. 『엔카르타』는 전문가들이 만든 지식을 공급하는 디지털 백과사전을 추구했지만, 결국 자발적인 참여와 개방성, 정보 공유라는 기본적 속성을 가지고 만들어진 『위키피디아Wikipedia』에 참패했다.

『위키피디아』의 생산 방식은 기존의 출판 패러다임을 혁명적으로 바꾸어버렸다. 이후 등장한 블로그를 비롯한 소셜미디어에서 일반화된 것처럼 『위키피디아』의 생산 방식은 '초편집'의 구조였다. 초편집은 불특정 다수의 인간을, 통제된 톱다운과는 다른 조직된 매니지먼트 방식으로 동원해 큰 목표를 달성하는 방식이다. 이 구조에서는 누구나 지식을 생산할 수 있다. 아직도 『위키피디아』에 담긴 내용의 신뢰성에 대한 논란은 계속되고 있지만, 정보의 생산 방식이 달라짐에 따라 '전문가'들이 참여해 만든 『엔카르타』가 '평범한 일반인'이 참여한 『위키피디아』에 참패한 것은 충격 그 자체였다.

『위키피디아』의 성공 이후 구글이나 유튜브 등은 동질적 그룹이 뭉쳐서 자신의 이익만을 추구하는 '결속형 자본'이 아닌 이질적 그룹 안에서 참여하는 사람을 무한대로 키울 수 있는 '교량형 자본'의 힘을 키울 수 있음을 확인시켰다. 온라인에서 새 도구 이용자들은 '선여과 후출판'이 아닌 '선출판 후여과'의 시스템을 추구한다. 과거에는 출판업자나 편집자가 먼저 수많은 원고 중에서 책으로 펴낼 만한 글을 골라 여과한 다음 출판하는 구조였지만, 지금은 웹에 출판(의견 제시)한 것 중에서 책으로 펴낼 만한 가치가 있는 것만을 여과해 다시 세상에 내놓기 시작했다.

이제 블로그나 페이스북, 카카오톡에 연재한 원고를 책으로 펴내는 것이 일상적인 일이 되었다. 하지만 기존에 수많은 사전이 온라인에서 무료로 제공된 후, 백과사전과 국어사전을 비롯해 사전이 만들어지는 시스템과 인력이 붕괴되기 시작했다. 정철이 『검색, 사전을 삼키다』(사계절, 2016)에서 정리하고 있는 것처럼 『브리태니커』 한국판은 서비스가 종료되었으며, 백과사전 본문은 카카오가 인수하여 '다음 백과사전'의 일부로 서비스 중이다. 『두산세계대백과사전』을 비롯한 대부분의 사전 데이터는 포털에서 무료로 제공되고 있다.

『검색, 사전을 삼키다』에 실린 한 좌담에서 안상순 전 금성출판사 사전편집팀장은 사전의 위기를 다음과 같이 설명하고 있다. "사전 작업은 고도의 전문성이 필요하고 오랜 시간 축적되어야 한다. 사전 체제라고 하는 것은 굉장히 복잡해 적어도 10년 이상, 20년~30년이 걸려야 제대로 된 경험이 쌓인다. 지금은 눈에 보이지 않는 소중한 경험이 사라지고 있다. 이러다 다시 사전을 만들려고 할 때, 사전을 만들 인력을 구할 수 없게 될 것이다."

사전이라는 배를 타고
● ● ● ● ●

2012년 일본 서점대상 1위를 차지한 미우라 시온의 『배를 엮다』(은행나무, 2013)는 사전 만들기의 중요성과 힘겨움을 동시에 일깨우고 있다. 이 소설은 대형출판사 겐부쇼보에서 37년간 사전만 만들다가 정년퇴임한 편집자, 정년을 훨씬 앞두고 대학교수직을 그만둔 뒤 평생 사전 편찬의 외길을 걷는 학자, 출판 영업자로 일하다가 사전 편집자로 새로 영입된 주인공이 주변 사람의 도움을 받으며 15년 동안 고투해 『대도해大渡海』라는 사전을 만들어내는 이야기를 담고 있다. "사람은 사전이라는 배를 타고 어두운 바다 위에 떠오르는 작은 빛을 모으지. 더 어울리는 말로 누군가에게 정확히 생각을 전달하기 위해. 만약 사전이 없었더라면 우리는 드넓고 망막한 바다를 앞에 두고 우두커니 서 있을 수밖에 없을 거야"라는 소설 속 대사에는 사전의 중요성이 그대로 드러난다. 이 소설에서 제시한 사전 만들기에 달려들 수 있는 편집자는 "인내심 강하고, 꼼꼼한 작업을 두려워하지 않고, 언어에 탐닉하면서도 한쪽으로 치우치지 않고, 넓은 시야도 함께 가진" 사람이다. 이제 그런 사람을 찾을 수 있을까?

사이먼 윈체스터의 『교수와 광인』(세종서적, 2000)은 『옥스퍼드 영어사전』의 책임편집자였던 제임스 머리 교수와 정신 이상으로 살인죄를 저지르고 수용소에 간힌 미국인 의사 윌리엄 체스터 마이너의 언어에 대한 지칠 줄 모르는 열정과 광기, 우정, 그리고 기묘한 삶을 그리고 있다. 그리고 하나의 사전이 최고 권위를 획득하는 과정이 드러난다.

이 책은 리처드 체네빅스 트렌치 주교가 한 연설이 『옥스퍼드 영어사전』 편찬의 출발점이었다고 밝히고 있다. 트렌치는 "사전이란 역사적인 기념물이다. 한 가지 관점에서 찬찬히 들여다본 한 나라의 역사이므로, 언어가 잘못된 방식으로 표류하는 것을 보여주는 것 역시 적합한 방식으로 발전되어가는 과정을 보여주는 것만큼이나 큰 교훈을 줄 것"이라고 말했다. 트렌치가 요구하는 이 새로운 모험은 "의미뿐 아니라 의미의 역사, 즉 각 어휘의 인생 이야기를 펼쳐 보이는 사전이었다. 그리고 그것은 모든 문서를 죄다 읽어야 함을 의미했다. 즉 인용구를 달 어휘의 역사를 보여주는 모든 구문을 다 읽어야 했다. 기념비가 될 만한 크나큰 과제"였다.

출판은 사전을 잃음으로써 중요한 영역을 잃었다. 적어도 국어사전의 생산 시스템은 유지되어야 했다. 국립국어원이라는 조직이라도 있으니 다행이라고 말할 수 있겠지만 독점이 문제다. 그들은 사전을 직접 생산하지 않는다. 그러니 사람들은 오로지 검색으로 모든 문제를 해결하려 든다. 나는 '검색형 독서'가 가져오는 변화를 누누이 지적한 바가 있다. 우리는 사전이 없이 포털에서의 검색만으로 모든 것을 이루어낼 수 있을까. 정철은 『검색, 사전을 삼키다』에서 "이제 검색엔진들은 백과사전이 색인되어 있지 않더라도 어지간한 백과사전 기능 정도는 충분히 좋아졌다. 적어도 정보량이라는 측면에서는 그렇다"고 하면서도 "이래저래 검색엔진에서 사전의 뜻풀이와 예문은 점차 중요하지 않은 콘텐츠로 전락하고 있다"고 경고하고 있다. 그리고 검색 서비스와 사전의 차이점에 대해 다음과 같이 설명한다.

검색 서비스는 인물, 엔터테인먼트, 사건 사고 등에는 강하지만 학문이나 순수예술 분야에서는 약한 면이 많다. 아무래도 대중적인 검색어에 특화되어 있을 수밖에 없다. 반면에 사전은 여러 분야에 걸쳐 균형 잡힌 시각으로 작성된 문서다. 대중적인 콘텐츠에서는 정보량이 적지만 학문이나 순수예술 관련 콘텐츠는 다른 자료들에 비해 강하다.

맞는 이야기다. 앞으로 사전은 권력이 될 것이다. 남들과 차별화된 능력을 갖추려면 사전을 즐겨볼 필요가 있다. 사전이 아니라면 '사전형 책'이라도 괜찮다. 중요한 용어로 인류 5,000년의 역사를 압축해서 설명하는 책들이 쏟아져 나오고 있다. 그래서 나는 '사전'이 붙은 책은 무조건 챙기는 버릇이 생겼다. 그리고 글을 쓸 때는 사전에서 관련 항목을 읽어보면서 내 생각을 정리하곤 한다.

엔씨소프트문화재단이 편찬하고 이인화, 한혜원이 책임 집필한 『게임사전』(해냄, 2016)이 최근 출간되었다. "게임의 대중성과 예술성, 산업적·학문적 가치를 제대로 알리고 성숙한 문화로 자리매김하기 위한 첫걸음. 깊이 있는 연구와 체계적인 집필 과정을 통해 게임 개발, 플레이, 미학, 문화를 비롯한 시대별 대표 게임선까지 우리가 알고 싶었던 게임의 개념, 용어, 역사를 한 권에 담았다"는 것이 이 사전 출간의 변이다. 2016년 6월 28일에 이화여대에서 열린 『게임사전』 제작발표회에 다녀온 뒤, 나는 다음 날 아침 블로그에 이 사전 출간 의의를 다음과 같이 정리했다.

한국에서 세계 최초로 『게임사전』이 나오고 신기한 게임을 앞장서서 만들 수 있는 것은 이미 게임이 인공지능, 가상현실 등 새로운 정보통신기술의 성장에 견인차 역할을 하기 때문일 것이다. 매출 1조 원 이상을 올린 게임이 벌써 8편이나 나오고 우리나라 콘텐츠 문화수출액의 절반을 게임이 차지한다. 게임 이용자는 2,000만 명을 돌파했다. 발표자들은 '『게임사전』이 게임세대와 비게임세대 간의 소통, 특히 부모세대가 자녀를 이해하는 데 도움이 될 것'이라고 기대했다. 맞는 말이다. 어디 그뿐인가. 게임의 법칙이 적용되지 않은 콘텐츠가 대중의 선택을 받기 어려운 세상이 되었다. 한때 평론가들이 무시하던 정유정이 미래의 문학시장을 이끄는 선두주자가 된 이유만 살펴보아도 이런 사전을 펴낸 거시적인 대의는 충분하다. 게임개발자로 살아가는 사람은 또 얼마나 많은가?

메세나 출판의 의미
● ● ● ● ●

『게임사전』의 출간 의미를 다시 정리해보자. 이 사전은 한국 기업이 메세나 출판의 중요성을 제대로 실천한 거의 최초의 사례가 아닌가 싶다. 기업은 눈앞의 홍보만을 생각하기 마련이다. 그러나 엔씨소프트는 '언어'부터 접수했다. 『게임사전』 집필자들은 "신화 속에 등장하는 바벨탑의 이미지"를 떠올렸다. "사람들은 같은 말을 썼기 때문에 하나의 탑을 쌓을 수 있었고, 다른 말을 썼기에 다양한 문명을 일으킬 수 있었다." 언어를 접수했으니 그들의 앞날은 창창할 것이다. 이 책이 불과 18개월 만에 출간되었다는 사실은 고무적이다. 62명의 집필자는 디지털스토리텔링학회 회원들로 대부분 이대 출신의 여성들이다. 한때 게임에 중독되어 치료까지 받았다는 이인화 교수(소설가이기도 하지만)를 제외하고는 모두가 여성이었고, 그들 중 다수가 게임회사에서 근무한다고 했다. 이런 선례를 잘 활용하면 다른 분야에서도 사전이 줄지어 나올 수 있을 것이다.

발표회의 일부 참석자들은 종이책만으로 출간된 것이 시대착오가 아니냐고 성토했다. 온라인사전, 위키피디아식 사전을 언제 만들 것이냐는 질문이 이어졌다. 아마도 분명 몇 년 안에 온라인사전이 등장하고 위키피디아식 사전으로 어휘수가 늘어나게 될 것이다. 그렇지만 종이책 사전이 출간됨으로써 게임은 이제 단순한 놀이의 차원이 아니라 학문의 수준으로 확실하게 올라섰다. 어쩌면 앞으로 『게임사전』으로 세상과 소통하지 않은 아이의 미래는 없을지도 모른다. 그날 발표회에서 이인화 교수가 인용했듯이 "내 언어의 한계는 내 세계의 한계를 의미한다"(루드비히 비트겐슈타인). 그리고 "인식은 언어에 의해 구조화된다. 언어가 없으면 사고도 없다"(사피어 워트 가설). 또 인공지능 알파고 열풍을 떠올리게 만드는 소설 『뉴로맨서』(황금가지, 2005)의 작가인 윌리엄 깁슨은 이렇게 말했다고 한다. "미래는 이미 와 있다. 멀리 퍼지지 않았을 뿐."

그날 나는 사전을 만드는 것은 권력을 획득하는 것이나 다름없다는 생각을 확실하게 굳혔다. 이미 도덕성을 상실한 박근혜 정권이 온갖 비난에도 불구하고 역사교과서를 만들려고 한 이유는 무엇일까. 오로지 아버지의 명예 회복에만 관심이 있는지라 그러는 것은 당연해 보이지만 아마도 '언어'를 접수하기 위해 몸부림치는 것이리라. 정권이 바뀌면 그들의 역사교과서는 분명 폐기될 것이다. 이미 수많은 대체교과서가 쓰이고 있다. 하지만 국어사전을 점령하는 것은 그보다 무서운 일이다. 언어는 인간의 사고를 만든다. 그러니 언어에 대한 해석을 선점하는 일은 사람들의 마음부터 획득하는 매우 무서운 일이다.『게임사전』의 언어라고 다르지 않을 것이다.

앞으로 엔씨소프트는 넥슨이라는 국내 경쟁자뿐만 아니라 세계의 모든 경쟁자보다 우위에 서서 게임시장을 주도할지도 모른다.『게임사전』만들기를 통해 게임이 가지는 모든 의미를 이미 정리해본 경험이 어디로 갈 것인가. 메세나 출판은 출판을 돕는 의미도 있지만 궁극적으로는 기업 자체의 미래 진로를 결정하기 위한, 최고의 스승에게 조언을 얻는 일이다. 앞으로 다방면의 사전과 사전형 책이 출간되기를 간절히 기대한다.

아동 청소년 출판을
키워야 하는
이유

모든 세대가 든 촛불이 결국 박근혜의 탄핵을 이끌어냈다. 초등학생부터 중고등학생까지 그들이 광장에서 보여준 활약상은 놀라웠다. 세계 어느 나라에서도 청소년들이 이 정도의 정치적 의식을 보여주었다는 이야기를 나는 아직까지 듣지 못했다. 비록 최순실의 딸 정유라의 이화여대 부정입학이 불씨가 되었다손 치더라도 우리 청소년들이 집회에서 행한 발언의 수준은 정말 대단했다.

그들을 그렇게 만든 것은 소셜미디어가 아닐까. 스마트폰 하나 가지고 있지 않은 아이들을 찾아보기 어려우니 그들은 소셜미디어로 친구들과 소식을 주고받으며 정치적 의식을 키웠을 것이다. 네트워크형 인간이 세상을 주도하고 있다는 게 확인된 것이다. 아이들의 부모세대가 은퇴했거나 은퇴를 앞둔 부모를 보며 자신도 미래에 대한 확신을 말해줄 수 없기에 아이들과 함께 광장을 누비며 스스로 깨닫도록 한 것도 크게 작용했다.

촛불집회의 영향으로 출판 매출이 크게 떨어졌다는 이야기가 없지 않았다. 그럼에도 불구하고 2016년에 출판시장은 대체로 선방했다. 온라인서점은 오히려 매출이 늘어났다. 오프라인서점들의 폐점 소식은 들리지 않은 지 오래며, 테마형 독립서점의 개점이 줄을 이었다. 이것은 세계적으로 독립서점을 중심으로 책모임이 활발하게 움직이는 현상과 맞닿아 있다. 그래서 더욱 고무적이다.

아동 청소년 분야의 큰 흐름
● ● ● ● ●

다만 1990년대 이후 출판시장의 규모를 선도적으로 키우던 아동 청소년 출판 시장의 침체가 심각해졌다. 그 이유를 신도서 정가제 도입에서 찾는 이들이 없지 않다. 시리즈물을 기획해서 홈쇼핑을 통해 팔던 출판사들이 판로를 잃게 되자 도서정가제를 크게 비난했다. 이해가 되지 않는 바도 아니다. 늘 아이들에게 책을 구매해주는 주부들이 어떤 독자층보다 책 가격에 예민했고, 과거에 할인폭이 컸던 것도 아동 청소년 출판물이었다. 반값에 책을 사는 데 익숙한 주부들이 일시적으로 지갑을 닫았을 수도 있다. 그러나 스테디셀러의 아성이었던 아동 청소년 분야에서 과도한 할인으로 스테디셀러를 죽인 이후에 새로운 스테디셀러가 많이 나오지 못한 것이 침체의 이유라고 해야 하지 않을까.

학교도서관의 도서구입 예산이 40% 정도 줄어든 것도 침체 이유다. 박근혜 정부가 누리교육 예산 편성을 지역 교육청에 떠넘기는 바람에 모든 교육 예산이 흔들렸다. 도서구입비 예산마저 흔들려 공적 수요가 크게 줄어든 것이 아동 청소년 출판 시장에서는 치명타였다. 신도서정가제로 납품도서의 할인폭이 줄어든 것을 감안하면 절반 정도의 공적 수요가 줄어들었다고 볼 수 있다.

그러나 보다 근본적인 이유는 크게 달라진 아동 청소년의 관심사에 부응한 출판물을 제대로 펴내지 못한 것이다. 최근에는 베스트셀러 목록에서 아동 청소년 책을 찾아보기 어렵다. 물론 아동 청소년 출판물을 주도적으로 생산하던 몇 대형 출판사의 경영체제가 흔들리는 바람에 전반적으로 기획 자체가 흔들렸으니 그런 결과를 보였을 것이다. 그러면 아동 청소년 출판물의 최근 흐름을 크게 세 영역으로 나누어 간략하게 살펴보자.

먼저 픽션. 2008년에 김려령의 『완득이』(창비)가 혜성처럼 등장해 큰 인기를 끈 이후 청소년소설 시장은 그만한 캐릭터를 만들어내지 못했다. 변변한 화제작이 출현하지 않고 있다는 이야기다. 걸출한 신인작가도 등장하지 않고 있으니 새로운 상상력을 갖춘 작품이 부족한 것이 아닐까. 작년에도 몇 대형 작가들이 새 작품을 내놓았지만 대표작 이상의 상상력을 보여준 작품을 찾아보기 어려웠다. 출판사들이 진행하는 신인상의 수상자들도 40대나 50대인 경우가 허다하다. 지금은 생산자가 소비자인 시대인데 생산자가 이렇게 늙어간다면 책이 아이들의 뛰는 상상력을 따라잡기 어렵지 않을까. 성인소설 시장도 이제 침체를 넘어 화전을 일구기 위해 기존의 밭을 완전히 불태울 정도라는 이야기마저 나왔다. 2016년에도 한강의 맨부커상 인터내셔널 수상과 정유정의 『종의 기원』 출간 이외에는 대형 이슈나 화제작을 찾기 어려웠다.

그 많던 독자는 어디로 갔을까. 웹툰과 웹소설로 몰려가고 있는 것은 아닐까. 웹소설 플랫폼 조아라의 이수희 대표는 〈기획회의〉 420호(2016년 7월 20일 자)에 발표한 「가치가 있다면 소비자는 반드시 돈을 지불한다―웹소설 플랫폼 운영기」에서 "많은 미디어에서 '스낵 컬처'에 가장 적합한 콘텐츠로 웹툰과 웹소설을 꼽는 것처럼, 웹소설은 화두를 던지고 깊이 있는 성찰을 요한다기보다 가볍고 재미있게 스트레스를 풀 수 있는 엔터테인먼트로서 현대인들에게 소비되고 있다. 스마트폰의 대중화와 스낵 컬처 트렌드, 이 두 가지가 아마도 웹소설 성장을 설명해주는 두 축"이라고 했다.

이수희 대표는 "스마트폰이 없었다면 웹소설의 성공은 없었을 것"이라고 말하고 있다. 경험자의 고백이니 틀리지 않을 것이다. 스마트폰의 등장 이후 콘텐츠 시장의 기류는 급변했다. 소비자의 콘텐츠 선호도가 "텍스트보다는 이미지, 이미지보다는 영상"으로 바뀌었다. 스마트폰에서는 짧은 영상이 가장 쉽게 어필하고 있다. 그러니 정말로 기발한 상상력을 갖춘 작품이 아니면 살아남기 어려울 것이다.

그림책에서는 그나마 좋은 신인이 많이 등장하고 있다. 1990년대에 그림책을 마음껏 보고 자라난 세대가 그림책을 펴내기 시작하면서, 세계적으로 통하는 작가들이 해마다 등장하고 있다. 매년 세계적인 일러스트상을 수상하는 것이 결코 우연이 아니다. 다만 그렇게 생산된 책들의 판매가 부진하다는 것이 문제다. 신간이 1만 부를 넘는 그림책 작가는 손가락으로 꼽을 정도다.

그 이유는 유통에서 찾을 수 있다. 그림책은 5분 만에 읽은 다음 두고두고 또 읽는다. 그러나 그런 그림책을 확인할 수 있는 매장이 별로 없다. 게다가 그림책은 '유아'로 분류되는 등 유통에서 제대로 대접을 받지 못하고 있다. 2016년 6월 13일에 그림책협회가 출범하면서 그림책의 제자리를 찾겠다고 선언했다. 과거에 어린이책 전문서점에서 좋은 그림책을 선별해 권유하던 시절에서 지금의 위기를 돌파할 해결책을 찾아내야만 한다.

논픽션은 어떤가. 논픽션의 가능성은 무궁무진하다. 영화 〈매트릭스〉가 전 세계를 휩쓴 이후 '매트릭스적 불안'이라는 말이 나돌았다. 인간의 얼굴을 띤 기계에 놀란 인간은 피가 흐르는 동물에게서 위안을 얻기 시작했다. 이후 아날로그적 가치가 중시되었다. 내가 "전통가구에 집착하고, 복고 정서에 쉽게 녹아들며, 웰빙을 일상적으로 가치화하며, 티벳이나 인도를 열망하고, 인간보다 애완동물에게 더 친근감을 느낀다"고 정리한 것이 2004년이다. 그때 허구의 이야기인 소설에서마저 팩트를 중시하기 시작했다. 댄 브라운의 『다빈치 코드』를 필두로 한 팩션이 크게 떴다.

지금은 그런 흐름이 더욱 심해졌다. 책이 언제 어디서나 스마트폰 영상에 시선을 빼앗긴 아이들의 관심을 이끌어내려면 교양과 재미뿐만 아니라 스릴과 서스펜스를 담을 필요가 있다. 게다가 단문의 시대다. 상황이 이러하니 제프 키니의 '윔피키드'(아이세움)나 앤디 그리피스의 '나무 집'(시공주니어) 시리즈가 폭발적인 인기를 끌고 있는 것이다. 장은수 편집문화실험실 대표는 이 시리즈들이 "저자의 창조성과 출판사의 편집력이 결합된 콘텐츠 혁신이 뒷받침"된 경우라고 했다. 처음에는 웹에서 연재되다가, 편집자에게 발견되어 책이 나오고, 책이 인기를 끌자 시리즈로 만들어지며, 여러 파생 상품을 만들어 어린이들을 사로잡은 경우라 하겠다.

아이들(어쩌면 이제 어른들도)은 선악이나 옳고 그름보다 재미부터 추구한다. 진지한 히스토리^{history}가 아닌 재미있는 스토리^{story}를 좋아한다. 그런 짧은 이야기들이 수없이 연결되어 있어 한 번 책에 빠지면 도저히 헤어날 수 없을 정도로 재미있는 책을 만들 필요가 있다.

비독자를 독자로 만들 수 있는 기회
● ● ● ● ●

우리라고 이런 시리즈를 만들지 못하라는 법이라도 있는가. 우리도 탁월한 상상력이 담긴 시리즈를 만들어 세계를 뒤흔들어야 한다. 세계에서 통할 수 있는 무대와 캐릭터가 등장하는 스토리여야 한다. 적어도 같은 문화권인 동아시아에서라도 확실하게 통하는 시리즈를 만들어야 한다. 과거에 학습만화 시리즈나 논픽션 시리즈들이 중국을 비롯한 동남아 국가에서 인기를 끈 적이 있다. 이제 그 수준을 뛰어넘는 시리즈를 개발해야 한다. 그러기 위해서는 SF

나 추리, 로맨스 등 재미있는 요소들이 모두 결합된 작품이어야 한다. 하지만 우리는 여전히 순(본격)문학 혈통주의만 고집하고 있다. 그런 고집으로는 도저히 출판의 험난한 미래를 헤쳐 나갈 수 없다.

무엇보다 당장 '팔리는 책'만 추구해서는 곤란하다. 지금까지 존재하지 않았지만 반드시 통할 수 있는 새로운 감성의 책을 만들어야 한다. 그러기 위해서는 상위 5~10%에 불과한 엘리트 독자를 겨냥한 책이어서는 곤란하다. 지금까지는 공부 잘하는 아이들이 읽는 책이어야 팔린다는 생각으로 책을 만든 이들이 적지 않았다. 하지만 모두 그렇게 책을 만든다면 과연 미래가 있을까.

독서운동가인 책과교육연구소 김은하 대표는 거의 매일 책을 읽는 습관적 독자, 어쩌다 책을 읽는 간헐적 독자, 책을 전혀 읽지 않는 비독자로 독자를 나눴다. 그런데 중학생의 54%, 고등학생의 78%가 비독자 또는 간헐적 독자다. 그들을 독자로 만들지 않으면 안 된다. 그들에게 억지로 읽으라고 하기보다는 그들을 독자로 만들 수 있는 텍스트의 발간과 학교에서의 독서교육이 절실하다. 이미 서양에서는 그런 독자를 위해 다양한 책을 내놓기 시작했다. 김은하 대표는 2016년 11월의 '마중물 독서' 워크숍에서 해외의 구체적인 사례를 예시해 공감을 얻어냈다. 김 대표는 그날 참석자들의 요구로 12월 27일에 더 많은 사례를 발표하기로 약속했다.

김은하 대표는 앞의 세 독자층은 관심사도 다르고 책을 찾는 이유도 다르다고 말한다. 달리 말하면 우리가 이들을 위해 펴내는 책이 달라야 한다는 이야기고 교육의 방법론도 달라져야 한다는 이야기다. 지금까지 출판사 대표들은 자신들도 책을 잘 읽지 않으면서 책을 읽지 않는 국민들을 탓했다. 그러면서 무식한 독서운동만 벌였다. 대표적인 것이 파주의 '종이무덤'(일명 '지혜의 숲')이다. '책을 무조건 많이 쌓아놓으면 경외감을 가지고 책을 읽을 것'이란 발상이 통하기나 할 것인가.

지금은 큐레이션의 시대다. '종이무덤'에 꽂혀 있는 학자들의 책을 독자들이 볼 수나 있는가. 적어도 그곳에 기증한 학자들이 자신이 평생 읽은 책 중에서 전공공부에 피가 되고 살이 된 100권을 선별해 진열하고, 책 표지에 그 책의 중요성을 간략하게 정리한 쪽지라도 붙여놓는 것이 더욱 효과적이지 않을까. 지금 상태로 진열된 것은 '쓰레기' 그 이상도 그 이하도 아니라는 것이 내 생각이다.

나는 강연할 때마다 자주 "인간은 왜 책을 읽어야 하나요?"란 질문을 받곤 한다. 지금의 정치지도자를 비롯해 최근의 한국 사회를 이끈 '수험형 엘리트'들이 시험으로 자리(직업)를 차지하고는 책을 읽지 않고도 잘 살아왔는데, 새삼 책을 읽어야 하느냐는 힐난이었다. 하지만 지금은 달라졌다. 수험형 엘리트들이 은퇴 혹은 퇴직을 하면 주로 '치킨집 창업'을 했다가 머지않아 망하곤 했다. 그들은 선험자, 선배, 친구, 혹은 믿을 만한 가족 구성원의 조언만으로 인생을 결정하고 그러다 지치면 멘토라는 이들의 조언을 듣고 힐링을 하고는 했다.

하지만 이제 인간의 경쟁자는 인간이 아닌 기계(슈퍼컴퓨터)다. 어떤 분야든 슈퍼컴퓨터가 등장하면 직업 자체가 곧바로 사라지기도 한다. 그런 세상에서는 멘토의 조언만으로는 위기를 극복할 수 없다. 아무리 능력이 특출한 멘토라도 고작해야 빅데이터 분석을 통해 가장 '합리적인' 방안을 제시하는 것에 불과하기 때문이다. 모두가 익히 알고 있는 세상에서 경쟁자를 이기려면, 정석을 변형한 자신만의 새로운 정석을 내놓을 수 있어야 한다.

그것은 이 세상에서 아무도 가보지 않은 길을 찾는 것이나 마찬가지다. 달리 말하면 누구도 살아보지 않은 삶을 사는 것이다. 그 길을 찾기 위해서는 무조건 책을 읽어야 한다. 책을 읽다 보면 많은 상상을 하게 된다. 나는 아직까지 인간이 직접 책을 읽고 토론하고 글을 쓰는 것 이상의 좋은 방법을 찾아내지 못했다. 나는 늘 책은 '만병통치약'이라 여긴다. 그래서 책을 읽는 세상을 만들어내지 못하면 개인이나 국가, 출판의 미래도 없다는 것이 내 생각이다.

서점,
큐레이션이
정답이다

2016년 9월 말까지 빅3 온라인서점의 매출이 7.3% 성장한 것으로 알려졌다. 업체별로는 각 24.2%, 9.8%, 3.9%의 매출이 늘어났다. 이 정도면 괜찮은 성적으로 보인다. 그렇다면 그들은 안정적인 성장을 구가하는 것인가. 안타깝게도 그들은 여전히 미래가 불투명하다고 생각한다. 어느 자리에서 그들은 출판 매출 저하의 원인으로 할인율을 직접 할인과 간접 할인을 포함하여 15%로 제한한 현행 도서정가제를 들었다. 그로 인해 출판 매출이 격감해 출판사들이 도서정가제 폐지를 원한다는 주장이었다.

과연 그럴까. 한 설문조사에서는 도서정가제를 폐지하자고 주장하는 출판사는 14.5%에 불과하다는 결과를 발표했다. 완전 도서정가제를 희망하는 출판사가 39%나 되었고 나머지는 현행 유지 또는 할인폭 축소를 요구했다. 오프라인서점의 의견은 물어볼 필요가 없을 것이다. 그들은 대체로 완전 도서정가제를 주장한다. 그렇다면 독자는 어떨까. 독자 중에서도 현행 유지나 할인폭 축소, 혹은 완전 도서정가제를 주장하는 사람의 비율이 75.7%나 되었다. 도서정가제를 완전히 없애자고 주장하는 독자는 24.3%에 불과했다.

이 결과만 놓고 보면 2014년 11월 21일 이후 현행 도서정가제를 시행한 지 만 2년이 임박한 시점에서 독자들이 책의 특수성을 이해하고 있다고 볼 수 있다. 대체로 책을 한 권씩 구입하는 독자보다 한꺼번에 10권씩 구입하는 독자가 책을 사는 비중이 높다. 온라인서점들도 이런 특성을 고려해 독자를 유혹하기 위해서 굿즈를 열심히 개발해 증정한다. 아마도 그런 독자들이 대체로 도서정가제의 필요성을 이해하는 것이리라.

'팔리는 책'에 대한 강박
● ● ● ● ●

한때 일본의 준쿠도서점이 매장을 키우면서 매출을 신장해 업계의 부러움을 샀다. 나도 일본에 갈 때마다 준쿠도서점 이케부쿠로점에 갔다. 지하 2층과 지상 8층의 건물 모두 도서관식으로 책을 진열한 그곳에서 나는 늘 10만 엔 이상의 책을 사곤 했다. 이 서점은 계산대를 1층에만 설치했는데, 언제나 독자들이 줄지어 계산을 기다리고 있었다. 이들 중에는 3만 엔 이상의 책을 바구니에 담고 있는 사람이 적지 않았다.

하지만 이제 일본의 서점 체인들은 모두 어려움을 겪고 있다. 다섯 개의 대형서점 체인 중에서 준쿠도, 마루젠, 분코도는 모두 다이니폰인쇄(DNP) 수중으로 들어갔다. 1위 업체인 기노쿠니야서점마저 어려워지자 2015년 봄에 DNP는 기노쿠니야와 연대해 PMIJ(출판유통 이노베이션재팬)를 설립했다. DNP는 단지 인수만 한 것이 아니라 자금을 들여 대형서점의 출점을 도와주었다. 그래서 일본의 출판인들은 DNP를 일본 출판의 구세주로 추앙하고 있다. 종이책의 미래가 없다면 DNP가 이런 일을 벌이지 않았을 것이다. 이제 쓰타야를 제외하고는 모두 DNP의 수중에 넘어갔다고 볼 수 있다. 그렇다면 쓰타야가 대안일까. 쓰타야는 책을 집객상품으로 활용하고 있어 출판에 독이 될 확률이 높다.

그런데 일본에서는 왜 이런 일이 벌어졌을까. 물류 유통은 생산을 규정하는 법이다. 서점 체인으로 매출이 집중되고 컴퓨터 기술이 발전하면서 경험과 직관에만 의존하던 출판은 판매데이터를 활용한 '합리적인 마케팅'이 가능해졌다. 1992년에 고단샤가 판매시점데이터통신(DC-POS) 시스템을 도입한 이후 책을 출시한 날의 판매 데이터만으로 향후 6개월의 판매량을 예측할 수 있었다. 이로 인해 반품률이 격감하면서 효율적인 마케팅이 가능해진 것이다.

하지만 모든 기술은 양날의 검이었다. 출판사가 시장의 실제 판매 상황을 실시간으로 확인할 수 있게 되면서 시장 동향에 발 빠르게 대응하는 긍정성이 있는 반면에 '팔리는 책'을 만들어야 한다는 강박감이 커지면서 출판이 침체하는 부정성이 강화되었다. 원래 출판은 '팔리는 책'이 아니라 '지금까지 존재하지 않았지만 세상에 꼭 필요한 책'을 만드는 일이 주 임무였다. 그러나 마케팅이 일반화되면서 너나없이 출판업의 중요한 소임을 내팽개치기 시작했다. 팔리는 책만 추구하다 보니 붕어빵 같은 책만 양산되었다. 그런 책들은 인간과 사회를 변화시키는 출판 본연의 임무와는 거리가 멀었다.

준쿠도서점 난바점 점장 후쿠시마 아키라는 「그 '하나의 장소'—민주주의와 출판」(《유레카》 2016년 3월 임시증간호)에서 "서점은 동시대인의 욕망의 거울이다. 출판물의 실제 판매 데이터는 사람들의 욕망을 정확하게 수치화한다. 그 수치를 바탕으로 출판물이 만들어지면 그것이 팔리면서 욕망은 전파되고 점점 증폭, 만연하게 된다. '무관심 민주주의' 사회라면 그 확대의 속도, 과열 양상은 더 극심하다. 책이 '무관심'의 표적, 책임 전가의 대상이 되기 때문"이라며 데이터를 활용한 출판마케팅의 부정성을 경고했다.

그는 이어 "출판업계는 쇠퇴의 길을 걸은 지 오래다. 출판물의 판매 총액은 20년 가까이 감소가 이어지고 있다. 데이터에 휘둘리는 업계가 수축되는 일은 어쩌면 당연한 결과다. 새로운 것이 탄생하지 않기 때문이다. 축소된 시장과 감소를 이어가는 수치를 바탕으로 거기에 맞춰 일하는 한 출판업계의 수축 추세는 멈추지 않을 것이다. 필요한 것은 신념과 긍지, 그리고 용기"라고 했다. 그 말인즉, '시장 조사'가 능사가 아니라 그 이상으로 새로운 '시장 개척'이 있어야 한다는 것이다.

출판업을 붕괴시키는 매대 판매

• • • • •

출판마케팅이라는 개념이 도입되기 전에는 자신들이 만든 책이 실제로 팔릴지 알 수가 없었다. 서점에 책을 진열해보아야만 반응이 나타났다. 그만큼 위험이 큰 사업이었지만 가끔 의외의 결과를 내는 경우가 많았다. 그 시절에 출판인들은 자신의 출판관이 분명했다. 그래서 개성 넘치는 출판사가 많았다. 서점 매장이 넓지는 않았지만 자신의 신념에 맞는 책을 펴내는 출판사가 버틸 수 있었다. 매출액이 높다고 무조건 좋은 것만은 아니지 않은가.

대형 유통체인은 일시적이나마 매출을 확대시킨다. 일본에서는 편의점(CVS)이 등장하면서 출판물의 발견성을 높였었다. 1990년대 초반, 세븐일레븐에서의 책 판매량이 기노쿠니야 서점을 넘어서는 신화가 벌어지기도 했다. CVS에서의 책 판매는 주로 선정적인 잡지와 일부 베스트셀러였다. 하지만 인터넷이 일반화되면서 잡지의 판매가 침체되자 CVS의 책 판매에도 제동이 걸리기 시작했다. 선정적인 잡지는 남의 눈을 피할 수 있는 온라인에서 구입하는 것이 편했다. CVS에서 팔리는 만화들은 대체로 휴대전화로 다운해서 볼 수 있는 전자책으로 대체되었다. 일부 베스트셀러들도 출판의 성장을 기형적으로 만드는 데 기여했을뿐 출판의 안정적인 성장과는 거리가 멀었다. 최근 일본에서는 CVS에 맞는 새로운 상품 개발에 열을 올리고 있지만 온라인서점의 위세를 이겨내기에는 많은 한계가 있을 것이다.

그렇다면 "신념과 긍지, 그리고 용기"를 가지고 '지금까지 존재하지는 않았지만 세상에 꼭 필요한 책'을 펴내면 좋은 반응을 얻어낼 수 있을까. 그런 시대는 지났다고 보는 것이 옳을 것이다. 서점에서의 책 진열이 원천적으로 차단되고 있기 때문이다. 서점의 매대는 판매되고 있고 처음에는 '좋은 자리'만 팔렸지만 지금은 효과를 별로 기대할 수 없는 '구석 자리'까지 팔려나가고 있다. 이제 매대를 사지 못하는 책은 독자를 만나기가 어렵다. 온라인서점에 신간목록이 등재될 수는 있지만 그곳에서도 광고비를 들이지 않으면 노출되기가 어렵다. 그 정도가 날로 심해져서 '의외의 결과'를 내는 출판물을 찾아보기가 어렵다. 정말 의외의 결과가 나와도 출판인들은 이구동성으로 말한다. "그거 사재기 아냐?"

물론 반스앤드노블이나 보더스 같은 미국의 서점 체인도 매대를 판매한다. 일본도 다르지 않다. 하지만 이런 행위가 출판업 자체를 붕괴시키고 있다. 가령 A출판사는 고전소설 시리즈를 펴냈다. 번역자가 불분명한 것을 보면 남의 책을 베꼈을 확률이 높다. 원문과 관계없이 읽기 쉽게 리라이팅을 잘해서 가장 잘 읽힌다는 소리도 들린다. 이런 책에다 영어 원서를 붙여놓고 실용서라며 반값 할인으로 팔았다. 대형서점의 중요한 자리를 사서 진열한 것은 두말할 필요가 없을 것이다. 이런 책의 판매가 늘어나면서 제대로 번역해서 책을 펴낸 출판사들은 어려움을 겪기 시작했다. 그러나 A출판사는 승승장구했다. 빌딩을 샀다는 이야기가 나오더니 곧이어 하나 더 구입했다는 이야기도 들렸다. 다른 분야로까지 사업 영역을 확장한다고도

했다. 그러자 많은 출판사가 A출판사의 행태를 따라 하기 시작했다. 그야말로 양아치 출판인만 양산되기 시작한 것이다. "신념과 긍지, 그리고 용기"를 가지고 새로운 시장을 개척하려는 출판인을 찾아보기 어려운 세상이 되면서 서점은 거대한 쓰레기처리장으로 전락하기 시작했다.

큐레이션을 도입한 서점들

● ● ● ● ●

다행히 요즘 실낱같은 희망이 보이기는 한다. 정말 책을 좋아하는 사람들이 서점을 열어 독자의 욕구에 맞게 큐레이션한 책들을 진열해놓고 독자와의 만남을 키우고 있기 때문이다.

이런 사례가 연이어 등장하는 곳이 도서정가제가 없어서 무한 할인이 가능한 영국이다. 영국 쇼어디치의 번화가에서 살짝 벗어난 곳에 있는 서점 리브레리아에서는 책만 판다. 리브레리아는 스페인어로 '책'을 뜻한다. "서점에서 책을 파는 것이 무엇이 신기하냐고 반문할 수도 있겠지만, 그 흔한 문구류 코너나 카페는커녕 심지어 여기저기에 '휴대전화 사용 금지'라는 안내판이 놓여 있다." 「종이책의 반격 : 영국 오프라인 서점의 두 가지 모습」(황정원 통신원, 괴테 프랑크푸르트 대학 박사과정, 〈아트뷰〉 2016년 10+11월호)에서 전하는 리브레리아의 사례는 우리에게 서점이 나아갈 바가 무엇인지를 제대로 알려준다.

리브레리아는 원하는 책을 사러 가는 곳이라기보다는 생각지도 못했던 책을 원하게 되는 곳이다. 책이 익숙하고, 진지한 주제가 두렵지 않으며 깊이 있는 지적 유희를 좋아하는, 쉽게 말해 독서의 고수들을 위한 서점이다. 따라서 서가에 꽂힌 책들은 장르별 분류나 알파벳 순서에 따른 정렬 등 일반적인 도서 분류법을 전혀 따르지 않는다. 대신 '삶과 죽음의 미래', '방랑벽^{wanderlust}', '환상에서 벗어난 이를 위한 마법' 등 하나하나 독특한 주제 아래 다양한 장르와 분야의 책들이 함께 꽂혀 있어 독자의 지적 호기심을 자극한다.

이런 독특한 큐레이션은 서로 무관한 듯 보이는 다른 분야들의 연결고리를 찾고 새로운 의미를 부여할 때 인간의 창의성이 빛을 발한다는 서점 주인의 믿음이 반영된 것이다. 아마존의 단순한 '연관 도서' 알고리즘이 아직 따라 할 수 없는 부분이다. 이를 위해 작가, 편집자, 조각가, 심지어 현 런던 시장까지 다양한 직업의 사람들을 객원 큐레이터로 초대해 그들에게 의미 있는 주제와 그에 따른 도서 목록을 만들어줄 것을 의뢰한다. 리브레리아는 책만 팔지만 디지털 시대 이전의 서점처럼 책만 살 수 있는 곳은 아니다. 진지하다고 해서 지루할 필요는 없다. 무엇보다도 젊은 운영자(설립자 로한 실바는 30대 중반이다)들의 지적 호기심, 자신의 경험과 아이디어를 여러 사람들과 나누고 싶은 디지털 시대적 에스프리는 톡톡 튀는 아이디어와 위트로 가득한 리브레리아의 다양한 행사로 나타난다.

같은 기사에서 전하는 영국의 대형 체인 서점 워터스톤스^{Waterstones}

의 사례도 감동적이다. 제임스 돈트는 "취임 후 굵직한 변화들을 도입해 워터스톤스의 탈바꿈을 꾀했다. 먼저 염가 세일 정책을 폐지했다. 독자들은 더 이상 저렴한 가격만으로 유혹되지 않기 때문이다. 또한 와이파이를 제공하는 카페를 서점 안으로 끌어들이고 그 공간에서 다양한 이벤트를 주최했다. 아이들을 위한 책 읽어주기 서비스, 『해리 포터와 저주받은 아이』 출간에 맞춰 한밤중에 진행되는 북파티, 성인들을 대상으로 한 북클럽 등 다양한 연령대의 독자들을 염두에 둔 이벤트가 기획되었다. 서점을 단지 책을 판매하는 곳이 아니라 생활 전반을 아우르는 복합 문화공간으로 새롭게 정의한 것이다." 워터스톤스의 가장 큰 변화는 "매장 매니저에게 서적을 직접 큐레이팅할 수 있는 권한을 부여해 각 매장을 지역사회에 맞게 특화시킨 점"이었다.

제임스 돈트가 워터스톤스에 영입되기 전에 운영하던 런던의 돈트북스 또한 할인을 전혀 해주지 않는 서점으로 유명했다. "그런데도 승승장구. 1990년 제임스 돈트가 처음 이 동네에서 시작한 이래 2016년 현재 6개 지점으로 늘었을 만큼 급성장"했다는 보도(어수웅, 「책 값 깎다 보니… 책 가치도 깎아내리더라」, 〈조선일보〉 2016년 9월 6일 자)가 있었다. 〈조선일보〉 기사는 돈트가 성공한 원인을 "특유의 분류 방식"이라고 전하고 있다.

주제별 분류가 아니라, 국가별 전시. 지난해까지 탈북 작가 장진성의 『위대한 지도자』가 먼저 보이던 한국 서가에는 이제 한강의 『채식주의자』와 『소년이 온다』가 첫 줄에 꽂혀 있다. 여행 서적은 물론, 그 나라의 문학·정치·역사도 한눈에 보여주겠다는, 순발력 있는 큐레이션이다. 그 능력을 인정받아 창립자 제임스 돈트는 한때 280개 지점까지 보유했던 영국 최대 서점 체인 워터스톤스 사장으로 2011년 스카우트되었다. 당시 도산 위기였던 워터스톤스는 이후 무분별한 할인보다 '추천'에 집중했고, 도산 위기 이후 5년 만에 처음으로 흑자를 달성했다고 했다. 돈트 말리본 지점장 잭 로노^Rono는 '가격 경쟁은 결국 그 서점과 책의 가치를 스스로 갉아먹는 일이라고 생각한다'면서 '우리의 추천을 신뢰하는 독자들 덕분에 돈트는 성장하고 있다'고 했다.

그러면 이제 결론이 난 것 아닐까. 아마 그럴 것이다. 미국에서도 일본에서도 유럽에서도 이제 큐레이션이 정답이라는 증거를 속속 내놓고 있다. 규모는 크지 않지만 영국의 사례를 응용한 서점들이 점차 늘어나고 있다. 그 서점들이 가장 힘들어하는 것은 가격 경쟁력과 임대료다. 서점이 들어선 건물에 세제 혜택을 주는 것은 어떨까. 서점만 한 기초생활문화공간이 없으니 말이다. 그리고 모든 서점에서 똑같은 가격에 책을 판매할 수 있다면 이들 서점의 경쟁력이 더욱 향상될 것이다. 그래서 나는 여전히 완전 도서정가제를 주장한다. 그것이 어렵다면 모든 서점이 고객관리를 활용할 수 있는 5% 이내의 마일리지를 부여하는 것까지는 나도 충분히 동의한다.

마중물 독서운동을
펼쳐야 하는
이유

독서왕 대회 프로그램은 단지 아이들에게 한 권이라도 더 책을 읽히게 하기 위한 도구일 뿐이고 이것으로 인해 출판 환경이 위축될 것이라는 의견은 무슨 근거로 나온 것인지 불분명하고 또한 침소봉대의 극치입니다. 실제로 매일 매일 쏟아져 나오는 어린이책들의 종수가 얼마나 많은 줄 아십니까? 이 많은 책들이 아이들을 만나지도 못하고 창고에서 묵혀 있는 경우가 무수히 많습니다. 되도록 다양한 책들을 아이들에게 접할 수 있도록 하기 위해 10가지 기준을 가지고 목록이 선정되었으며, 결코 출판 환경을 위축시키는 기준은 없다고 생각하며 베스트셀러나 교과서에 수록된 도서만 팔리는 쏠림 현상을 보완하는 효과를 가져와 오히려 어린이책 출판 환경을 좀 더 확대하는 효과가 기대됩니다.

이것은 2013년 4월 KBS와 일부 시도교육청이 연합해 추진하던 'KBS 어린이독서왕(가칭)'이 문제가 되자 이 행사에 참여한 일부 출판사가 내놓은 입장문의 한 부분이다.

나는 그해 4월 3일에 북콘서트가 열리는 한 서점에 들렀다가 'KBS 어린이독서왕 선정도서' 40권이 진열되어 있는 것을 보고 충격을 받았다. 그리고 다음 날 새벽에 흥분해서 "쓰레기 같은 책들이 다수 포함되어 있었다"며 이 행사에 대한 문제를 제기했다. 그때 올린 글의 제목은 「독서운동을 빙자한 'KBS 어린이 독서왕'」이었다. 그로부터 딱 한 달 만에 이 프로그램은 추진하지 않기로 결정되었다. 앞의 입장문에서는 10가지 선정기준을 내놓았지만 선정 이후에 출간된 책들까지 포함되어 있는 데다가 아동, 청소년책을 평상시에 펴내지 않는 몇 출판사의 책도 보였다. 이 사태를 주도했다는 자들과 친분이 있는 출판사들의 책이었다. 그야말로 졸속으로 추진되던 행사였고 그들이 제시한 선정기준은 문제가 되자 나중에 대강 꿰맞춘 명분이라고 볼 수밖에 없다.

그나마 사태가 그 정도에서 끝난 것은 심각성을 인식한 언론들의 보도와 독서운동을 벌이던 시민단체와 교사들의 헌신적 노력 때문이었다. 운동가들이 발 빠르게 문제를 제기하고 서울시교육청 앞에서 시위를 벌이는 등 열정적으로 이 행사가 전개되는 것을 막았다. 그때 온라인서점과 대형서점들은 책의 질과 사태의 심각성은 제쳐놓고 무조건 책을 많이 팔아먹기 위한 경쟁을 벌였다. 참여 출판사들은 온라인서점에 45%로 공급하면서 '예상문제집'이라고 선전했다. 이처럼 책을 쓰레기로 만들면서까지 열심히 달려들었다. 덕분에 초창기에는 책이 좀 팔려나갔지만 프로그램 추진이 중단되는 바람에 반품으로 손해만 입었다.

가장 먼저 문제를 제기한 나는 해당 출판사들의 비난에 시달려야 했다. 물론 진정성 있는 몇 출판사로부터는 자신들이 너무 안이하게 생각했다는 자각의 목소리도 들을 수 있었다. 도서관 사서들로부터는 도서관을 살리는 데 노력해줘서 고맙다는 인사를 들었다. 지금 한국의 도서관 관장은 행정직이 대부분이다. 그야말로 시험을 잘 봐서 공무원이 된 사람들이다. 그러니 시험을 보고 상을 주면 된다는 안이한 발상을 너무 쉽게 받아들인다. 'KBS 어린이독서왕'이 상업적 성공을 이루면 그런 제도를 받아들이는 것으로 도서관의 이벤트를 마무리 지을 것이 뻔했다. 그럼 도서관의 다양한 문화행사가 사라질 것이고, 도서관의 존재 이유가 크게 퇴색했을 것이라고 사서들은 이구동성으로 이야기했다.

출판이 중심이 된 독서운동은 없었다
●●●●●

출판사들이 KBS와 교육청의 공신력을 이용해 벌인 'KBS 어린이독서왕'은 2002년에 벌어진 MBC '느낌표 추천도서'의 성공을 염두에 둔 이벤트였다는 것을 모르는 이는 없을 것이다. 당시 출판 역사상 최대의 이벤트라 할 수 있는 〈느낌표〉의 '책책책 책을 읽읍시다'가 출판계를 강타했다. 이 프로그램에 소개된 책들 중에서

10여 종 이상이 밀리언셀러의 반열에 올랐다. 주로 부모세대에게는 지난 시절을 되돌아보게 하고 자식세대에게는 부모가 살았던 어려운 시절을 이해하게 하는 성장소설 위주로 선정된 〈느낌표〉 선정도서들은 결코 책이 나쁘다고 할 수는 없었다. 그러나 이 책들이 때마침 세를 넓혀가던 온라인서점의 마케팅과 결합되면서 출판시장에 던진 파장은 엄청났으며 이 프로그램에 대한 찬반논란은 뜨거웠다.

당시 한 출판인은 "책을 다루는 방식이 생산자, 전문가, 마니아 중심이었다는 점, 국내서를 소개했다는 점, 기존의 책 소개 프로그램들이 책의 가치를 알리는 데 초점을 두었다면 〈느낌표〉는 구매력을 높이는 것에 두었다는 것" 등의 몇 가지 긍정성을 제시한 이후에 "선정의 주체와 이유를 명확하게 공개하지 않아 선정의 투명성에 다소 문제가 있다는 사실, 한 권의 책만을 장기적으로 소개한다는 것은 한 권의 책을 모든 사람이 다 읽게 해서 책 시장을 넓혀보겠다는 군국주의적이고 문화적 폭력성을 내포하고 있는 운동이라는 점, 〈느낌표〉 브랜드가 아니면 베스트셀러 상위권에 들어갈 수 없게 됨에 따라 출판의 역동성을 잃게 할 것이라는 점" 등을 들어 문제도 크다는 입장을 개진했다.

이에 반해 한 도서평론가는 "〈느낌표〉가 초기에 일부 문제가 없지는 않았지만 지금은 이 프로그램의 기본 목적인 독서운동의 기폭제가 되도록 프로그램의 질을 향상시키기 위해서 전문가 집단이 끊임없이 의견을 개진하고 이를 제작진이 수용하고 있기 때문에 책이 대단하게 팔린다는 현상만을 놓고 일부 비판자들이 〈느낌표〉가 엽기적·후진적인 현상이라고 몰아붙이는 것은 근본적으로 문제가 있다"며 〈느낌표〉를 옹호하는 발언을 했다.

솔직히 나는 당시 도서평론가의 손을 들어준 편이었다. 그러나 이후 벌어진 양상이 출판사 대표의 지적처럼 흘러가는 것을 보고 많이 반성했다. 이후 한 저널리스트의 "공익의 외피를 쓴 〈느낌표〉 같은 오락 프로그램들이 국민독서운동을 위한 공익적인 프로그램이 될 것이라는 것은 착각"이기에 "〈느낌표〉 제작진은 출판의 중심은 어디까지나 출판사, 저자, 독자라는 점을 깨닫고 자신들이 출판의 중심이라는 착각에서 하루빨리 벗어나야 한다"는 지적이나 한 출판평론가의 "어느 날 갑자기 이 프로그램이 사라질 수도 있는데 '그날 이후'가 더 문제"라는 충고를 아프게 되새김질해야만 했다.

실제로 이후 출판의 역동성은 크게 위축되었다. 문제는 그 이후 전개된 독서운동이라는 것도 대체로 이런 수준에서 크게 벗어나지 못했다는 점이다. 문화체육관광부가 만든 '출판문화산업진흥 5개년 계획'(2012~2016년)에서 '국민의 도서 수요 증대 지원' 명목으로 펼친 사업은 도서구입비에 대한 세제 혜택 추진(실적 없음), 청소년 대상 북토큰 제도 신설 추진(13~16년, 총 2,300만 원), 도서관의 도서구입비 확충으로 이용자 서비스 강화(실제 진행 상황 없음), 책 나눔 센터(가칭) 설립·운영(13~16년, 총 2,300만 원), 세종도서(구 문화체육관광부 우수도서) 소외지역 및 소외계층에 보급(12~15년 보급 권수 147만 9,059권), 교정시설 독서활동 지원(12~16년, 211만 원), 책 읽어주는 문화봉사단(14~16년, 600만 원), 문화복지 책나눔 북콘서트 개최(14~16년, 460만

원), 다양한 TV 책읽기 프로그램 제작·지원, 언론매체 활용 책읽기 홍보(13~16년, 1,040만 원), 책 정보 제공 우수 매체 선정·표창 등이 전부다.

출판단체가 자체적으로 벌이는 독서진흥 사업도 거의 없다. 나는 대한출판문화협회가 매달 한 번씩 벌이는 북콘서트가 거의 유일하다고 비판해왔다. 실제로 출판인들은 책을 읽지 않는 국민들을 비판하면서도 독자를 창출하려는 근본적인 운동을 벌이지 않았다. 심지어 출판계를 리드하면서 독서문화를 목청껏 부르짖는 이들마저 모든 일을 자기 이익을 추구하는 것으로 왜곡하기에 급급했다.

이러는 가운데 2016년에 한국출판문화산업진흥원(이하 진흥원)은 조직 개편을 통해 독서진흥본부를 신설했다. 전담부서가 본부 단위로 승격했으니 이제 독서진흥이 제대로 이루어질까. 나는 이미 문화부 관료나 진흥원 간부들에게 오히려 독서진흥과 역행하는 일들이 벌어질 것이라고 여러 차례 경고했다. '출판문화산업진흥 5개년 계획 2017~2021'에 포함된 독서진흥 정책도 크게 달라진 것이 없을 것이다. 진흥원은 거의 모든 조직원이 닭모이나 새우깡을 나눠주는 재미로 산다. 독서진흥본부가 생겼다 해도 알량한 예산으로 잡화점의 물건처럼 나열된 사업들에 사이비 독서운동가들을 투입해 국민들의 바람직한 독서를 해치는 일들을 열심히 벌일 것이 뻔하다. 아마도 책이나 독서라고 하면 무조건 접어주는 분위기에 편승할 것이다.

비독자를 독자로 만들지 못하면 미래가 없다

● ● ● ● ●

출판계가 살려면 출판계 스스로 독자를 창출하는 정책을 펼쳐야 한다. 그렇다면 그 운동은 어떻게 벌여야 할까. 그간 우리 독서운동은 상위 10%를 대상으로 한 엘리트 독서운동에 주력해왔다. 책을 잘 읽는 이들의 모습을 보여주면서 책 읽은 일의 중요성을 일깨우려 했다. 그러나 상위 10%는 가만히 내버려두어도 책을 잘 읽는다. 상위 10% 바로 아래의 독자들은 무엇을 읽어야 할지를 잘 몰라 헤맨다. 그들을 위해 책을 골라주는 일은 어느 정도 성숙했다.

문제는 초중고생 중에서 책을 전혀 읽지 않거나(비독자), 어쩌다 읽는 아이들(간헐적 독자)을 독자로 전환시켜야만 한다는 점이다. 이들을 독자로 만들지 않으면 개인이나 국가, 출판의 미래는 모두 없다고 보아도 무방하다. 지금 아이들이 읽지 않는 것은 아니다. 그들은 어쩌면 게걸스럽게 읽는다고 보아도 무방하다. 손 안의 컴퓨터로 쉽게 정답을 찾으며 열심히 읽는다. 단문과 이미지(만화, 그림, 사진 등)가 결합된 책도 즐겨 읽는다.

그러나 그런 읽기로는 한계가 많다. 정보가 폭발하는 시대가 되면서 이제 인간에게는 단순한 정보의 습득 수준이 아닌, 자신에게 주어진 정보들을 연결해 새로운 콘셉트를 도출할 능력이 필요하다. 새로운 지식을 자신의 머릿속에 있던 기존 지식과 결합해 자신만의 이야기를 만들어내는 능력, 즉 편집력이 없으면 도태될 수밖에 없는 세상이 되었다. 그런 역량은 어떻게 키울 수 있을까. 어려서부터 완성된 글을 읽고 함께 토론하는 과정에서 자신과 다른 생각을 접할 수 있다. 그때 만나는 생각의 차이가 바로 상상력이다. 그런 상상력을 글로 써낼 수 있어야 한다. 그리고 그 글은 그 사람의 포트폴리오가 된다.

이런 읽기는 학교 수업시간에 벌어져야 한다. 그러나 우리 현실은 여전히 교과서에 담긴 지식을 암기하기에 급급하다. 중고등학교마저 대학을 가기 위한 정거장으로 전락했다. 이런 현실을 하루빨리 개선해야 한다. 노무현 정권 초창기에 교육부는 바람직한 교과서의 상을 "인류문화의 정수를 모아놓은 표준지식"에서 "다양한 지적 호기심을 유발하고 더 깊은 지식습득의 길을 알려주는 안내자"로 바꾸는 정책을 입안하려는 의지를 보여주었다. 그러나 이명박 정권과 박근혜 정권에서는 교과서에 대한 생각이 역주행하는 바람에 시대에 맞는 교육이 적절하게 이루어지지 못했다.

따라서 뜻이 있는 모든 출판사가 자유롭게 교과서를 대체할 수 있는 교양서를 발행하고 교사들은 그런 교양서를 자유롭게 골라 적절한 수업을 통해 어느 자리에서나 세상을 이겨낼 역량을 갖춘 아이들로 키울 수 있어야 한다. 그것이야말로 빛의 속도로 변화하는 지식사회에 제대로 적응하는 것이다. 나는 이를 이미 '마중물 독서'라 이름 짓고 출판사뿐만 아니라 도서관, 학교, 마을, 시민사회 등 책 생태계 전체가 연대해서 열심히 운동을 벌여야 한다고 주장해왔다.

이미 학령인구(6~21세)는 급격하게 줄어들고 있다. 국가기록원의 통계에 따르면 1995년에 1,191.8만 명이던 학령인구는 2005년에 1,057.5만 명으로 줄었다가 2015년에 872.8만 명으로 다시 줄어들었다. 감소한 학령인구가 10년 단위로 134.3만 명에서 184.7명으로 늘어났다. 2025년에는 학령인구가 654.3만 명으로 크게 줄어들 것으로 예측된다. 2015년부터 10년 동안 218.5만 명이 또 줄어든다. 연평균으로는 21.85만 명이다. 30년 만에 학령인구가 거의 절반 수준으로 준다는 것은 출판시장이 절반으로 줄어든다는 것과 같은 이야기다. 그러니 50%가 넘는 중고생 비독자를 독자로 만들지 못하면 출판의 미래도 장담할 수 없다. 따라서 우리는 '마중물 독서' 운동에 출판의 사활을 걸어야 할 것이다.

하이콘텍스트 시대의 책과 인간

2017년 4월 28일 1판 1쇄 인쇄
2017년 5월 8일 1판 1쇄 발행

지은이 —— 한기호
펴낸이 —— 한기호
펴낸곳 —— 북바이북
　　　　　출판등록 2009년 5월 12일 제313-2009-100호
　　　　　121-839 서울시 마포구 동교로 12안길 14(서교동) 삼성빌딩 A동 2층
　　　　　전화 02-336-5675　팩스 02-337-5347
　　　　　이메일 kpm@kpm21.co.kr
　　　　　홈페이지 www.kpm21.co.kr

ISBN　979-11-85400-53-2　03800

이 도서의 국립중앙도서관 출판예정도서목록(CIP)은 서지정보유통지원시스템 홈페이지
(http://seoji.nl.go.kr)와 국가자료공동목록시스템(http://www.nl.go.kr/kolisnet)에서
이용하실 수 있습니다.(CIP제어번호: CIP2017009973)

북바이북은 한국출판마케팅연구소의 임프린트입니다.